即將失去的一切

Everything that we are about to lose

何曼莊 著

CONTENTS

前夜

第一夜

第二夜

第三夜

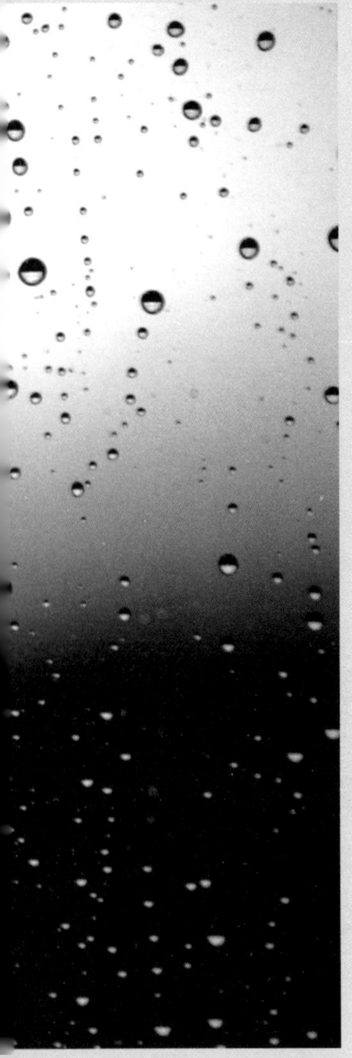

前夜

01 遠路

從現在開始，我要一一克服，我所有的恐懼。她看著晴朗的天空想著。

我已經浪費太多的時間，但我還是一事無成。我沒有時間害怕，也沒有東西可以失去。今天的天氣還是很好，她看著停機坪和天空的分界線，對不愉快的自己這樣說。

首先要找出恐懼的事物。

這算是簡單的部分。

只要找出那些嘴裡老是說想做，卻一直遲遲推不動的事情，那些就是你所恐懼的事物。

就是那些你我經常聽到的事情：把法文學好；減肥；不再超速；對著老闆的臭臉大吼然後辭職；一個人去沙漠旅行；一定要下定決心跟過去的戀情告別；絕對爭回監護權，等等這些事情。

然後就是困難的部分：承認自己害怕。

當你還沒聽完人家的問題，就急著反駁說，不是，我不是害怕，我是瞧不起／沒時間／討厭／還沒準備好。

那就更好分辨了，那些你極欲否認恐懼的，就是你的恐懼。

她最恐懼的地方，是一個既熟悉又陌生，鄰近又遙遠的地方。

她害怕見到的人，是一個她經常都想見到，卻不是那麼容易見到，見到了以後又忍不住想要逃離的人。

在她踏上旅程的那一刻，她知道自己心中懷抱著的，是眞正的覺悟。

（我要一一克服這些心中的恐懼，然後我就自由了。）

她的內心獨白，好像一首七〇年代充滿自我批判的歌詞。

爲什麼，現在不是一九七〇年代。

七〇年代多麼美好，只要努力，所有的事情都會往上走。

夢想可以實現，傳統可以被打破，新的發現帶來新的產業，新的產業裡有新的機會，搖滾樂好聽得要命，誰都充滿自信，大家都會建立家庭，然後堅持一起生活下去，沒有人退縮，即使意志最弱最沒用的人也可能得到滿分。

但是現在不是一九七〇年代。

她坐在這巨大又漂亮，像美好的未來一般夢幻的航站裡，等待著。這一天共有七百八十架飛機在這個海口的岩石上起降，每一個人都是過客。

我也一樣是個過客，她想，沒有一刻混淆，這是一個充滿過客氣氛的空間。這是個最小的大城市，有著最多的過客，和最短的起降跑道，前面對著海洋，後面緊貼著山壁，多一分少一分都會釀成重大災難。

她不知道飛行員排班是怎麼回事，但她擅自想像著，被安排在這個機場降落的副機長會說：「媽的又來了，眞不想在這裡降落。」年輕的臉龐被壓力扭曲著，然後經驗老到的資深機長會拍拍他的肩說：「沒有挑戰哪會進步，舊機場時代還要更難，我們不還是照樣起降？」

儘管地理條件如此險惡，玻璃蓋下的許多商店卻散發著無比的熱忱，每一間店鋪的光線、顏色和站在門口的制服人員，都在向過客們招手：「來吧，來買吧。」

只有一個例外，在這全亞洲最大的轉運站裡，吸菸室只不過是巨大航廈在尾椎的剩餘空間裡，圍起來的大魚缸。

順著故意不太清晰的指標，經過熱切歡迎的商店樓層，來到看起來永遠未完工的夾層邊，魚缸的入口就在那裡。

不太熱心的空氣清淨機處理不了滿室坐不下只好統統站著的人口，隨著門開門關，依舊以三十五%上下的能見度持續著忙碌的一天。那些坐到椅子的是太多時間可以等待的探親老人團，那些直接蹲坐在出風口上張著腿搖晃的是飲食店的夥計們。急著在搭上下一班跨洲飛行的長程班機前哈一口菸的生意人只好扶著自己的登機箱快速地解決一根。那樣的姿態，無論有幾次爲自己辯護的機會，不，不，我是喜歡抽菸，不是戒不掉，依舊很難引起自己或他人的共鳴。

在滾石還在唱戶外大型音樂祭的時代，你可以很正當地吸菸、理直氣壯地接受讚美，嘴上叼的東西還是時尚的一部分。

在新世紀的開端，關於吸菸這件事受到的壓力，她想問Keith Richards到底是最了解，還是最不了解吧這種時代的變遷。就像活在七〇年代的同志戀人一樣，喜好與習慣變成一種罪。

Yes Keith.

現在也不是一九八〇年代。

在一九八〇年代，有些事情本來對，後來變成不對的，後來又變回對的。

也有就這樣變成不對以後就一直不對下去的，比方說高腰的AB褲、吹高成半屏山的瀏海、藍色的大片眼影和深咖啡色的鼻影、像空心磚一樣大的墊肩、流行歌曲用合成器演出毫無根據的悲痛和沉重，那些慘綠又令人痛苦的俗麗回憶。可以的話，全部都該忘掉。

但是又捨不得。

先不想吸菸與人生態度的問題，她在魚缸裡站了一分鐘，覺得簡直可以在下三十秒內就得到肺癌。她走往另一邊的出口，經過蹲坐著的餐飲店工人，他們的視線本能地隨著她光溜溜的腿，從左邊移動到右邊。

她關上門，站在魚缸外面看著工人的背影。在從機坪射進的刺眼陽光對比下，他們只是一團灰色的剪影，這種風景讓她想起美國中部城市、唐人街寂寥的後巷。有些唐人街那麼熱絡、有些唐人街卻那麼冷清，但是穿著白色廚房工作服聚集在送貨門邊抽菸的情景卻到處都一樣，單純的快樂，只有一根菸的時間。

追求幸福只是一種概念。

幸福的定義給人一種錯覺，以爲一旦找到就能得到持續永久的快樂。

然而人可以得到的，只是快樂的片刻，快樂的片刻是靜止畫面，但是當夠多的片刻穿連起來，你就能看到動態的影像，連續畫面將空白填補起來以後，就變得像每一分鐘都快樂一樣。

她就像所有後二代嬰兒潮的孩子們一樣，在經濟起飛的年代出生，很幸福地被愛、被教育，然後看著科技和股市改變了時代，等到長大的那一刻，一切又像泡沫一樣，不是快要破掉，就是已經破掉。

很多願望都已經破碎了，但我們還要一起活下去。

她正飛往某個特別的城市，她知道自己追求的是快樂的片刻，絕對不是永恆的幸福。至於**Keith Richards**，他已經高齡七十，他要對自己的身體做什麼，實在都可以了。

很多事情原本很簡單，卻被搞得很複雜。

兩點之間的直線距離很近，卻必須繞很遠的路才能相見。

但是比起直飛，她喜歡轉機。爲空間的轉換作好心理準備。

當然很多時候，沒有太多選擇。

住在一個小島上，要前往任何外地，通常都只能飛行，如果這個小島剛好又是沒有太多選擇的那種小島，經常都必須轉機。

直航才剛剛試行，沒有人死、沒有人痛苦、除了行李比較常弄丟以外，一切都好，過去五十年的隔閡和恐懼似乎不存在似的。

只是似乎。

她依然像過去許多人一樣，拿著兩本身分證明來到中繼站。不轉機就不習慣，不過中繼站就覺得害怕，她這是第一次進入這個國家，她還是有點怕。

從前在南方海洋上的島上，有個尋常的鄉里。這個鄉里雖不偏遠，也不算繁華，鎮上有兩個醫生、一處郵局、一處派出所和一處媽祖廟。中小學各一所，每年招收的新生大致上還足夠編成甲乙丙丁四個班級，但也不可能增加了。看電影最近的地方，在半小時車程左右的另一個鎮上，DVD出租店卻有兩間。

就像每個鎮上都要有媽祖廟一樣，廟口的大街上有一間最大的香燭店。香燭店這種店，就像診所一樣，是不太可能沒有生意的。

在她小學入學的那一年，鄉里內人口增加了一〇%，開始有第一間全天冷氣開放的便利商店，一間香燭店已經變成兩個店面。在她考上高中的那一年，變成了三間相連的大店面。

然後又過了三年，擔任大家長的爺爺過世了。遺囑怎麼交代，外人不會知道。總之，結果是兄弟兩人把現金分給姊妹三人，一人一間店面分家做了起來，兩人都想要繼承店號。但兩間店號相同彼此又覺得不是滋味，於是哥哥開始在店號前面加了個老字。弟弟不服氣，於是在店號前加了「正宗」兩個字。

街上的人都知道老店已經一分爲二，其實誰也不用跟誰爭，哪邊便宜客人就會往哪去不是？客人在弟弟那買香燭時，大嫂便從自己的店鋪裡惡狠狠地瞪著那邊。而要是去了哥哥那邊買，弟媳便嬌嗔地過去喊道：「張阿姨，你以前都來我這邊買的……」這樣下去，街坊都很困擾。

於是這對兄弟那一直沉默寡言的堂兄出現了，他拿出自己的資本，便宜買下兄弟倆對面法拍的新式建築共四層樓，那間店面光是一樓就比兄弟兩人的店面加起來還大，二樓和三樓改裝後出租開設了美容中心和漫畫出租店。不久以後所有鄉親都喜歡到堂哥的店面去逗留，可以順便做臉、也能把小孩擺在一旁看漫畫，整天都有冷氣吹，還不用聽人抱怨。

堂哥的店也用了老牌香燭店的店號，兄弟倆誰也沒想到，這間店號從來沒有正式註冊過，告也告不成。堂哥的店號前面，不但加了個老字，也用了正宗來強調，兄弟倆的店生意愈來愈差，後來就兼賣起米蛋雜貨、魚丸湯和乾麵了。

過了更久了以後，已經沒人在乎哪間才是老正宗香燭店了。

時間繼續過去，鎮上的人口減少了三〇％，中小學的新學年開始，編班只有甲乙丙三班。

「那講這故事要幹嘛？」坐在身旁57G的小姐這樣問。

「我不知道。你有別的事要忙嗎?」她毫無情緒地說。
「你穿了涼鞋。」小姐看著她的腳。
「現在是夏天。」意味不明,她直覺地反應。
「我知道現在是夏天。」
「夏天,熱,所以大家都穿涼鞋。」
「你看,我就沒有。」
「我腳特別會流汗。」
「是我就得忍耐。你知道,要是有人吐痰,吐在鞋面上好過吐在你腳丫子上吧。」
晴天霹靂。
「沒這麼誇張吧。我聽說都改掉了。」
「這麼多人口,哪有說改就改的道理。」
她不由得承認自己對這個國家的了解實在不夠,不夠到無法辨別,這到底是誠心的忠告,還是這女人實在太過高尚,又太無聊,所以要用誇張的方式來唬弄她這個在南方過慣好日子的島民。

這一趟的降落，她耳朵痛了起來。

她再度拿出兩本身分證明，草綠色的、和橄欖綠的。

正是安全戒備升級的前夜，機器都放好位置，人都下班去了。

新機場太大，到達的班機再多都會顯得冷清。電車到達大廳，她跟著其他乘客走向海關。海關人員冷冷地把她綠色的護照丟回來，在橄欖綠的那本通行證上蓋了章。

「拿這本就行了。」海關教訓她。

她從長桌子的這一頭走向另一頭，計算著巨幅歡迎標語和招募志願服務隊的櫃台有多長；她開始計時，大約三分鐘左右。走道的盡頭掛著箭頭指標，中間高掛著「International Arrivals」。

她聽得懂每個人說的每個字，但卻又像根本沒聽懂。

她花了很多時間，繞了很多路才來到這裡。

一直在夾縫中生存的人，總是憧憬著擁有寬廣風景的一天，在夾縫中那麼久，他們變得到哪裡都能生存，等到哪天看見了寬闊的視野，他們反而覺得刺眼，眞受不了，眞想回到夾縫裡去。

她來到了最老的都市，最新的機場。帶著那樣有一點畏懼想逃避的心情。

那過度的嶄新和清潔，好像在向她炫耀：「從現在起，世界是我們的了。」

02 ONE DREAM

他最大的煩惱，就是太多的煩惱。

他擔心別人對他的感受，即使其中有些人他知道根本就不該理會，但他太過敏感，無法視而不見。

這個社會充滿了既定價值和對各種角色的要求，他找了個好位置，就開始擔心自己是不是配得上這個好位置。

很多人可以帶著別人的不滿與怨恨活下去，依然可以笑，可以獲得幸福。

但他不是那樣的人。

身邊的人努力告訴他，他們有多愛他，但這只是徒增他的擔憂。

他怕自己會辜負這些人的愛。

儘管如此，他還是努力維持他們所說出口的那些，愛他的理由。

他是個好男人。

他對人和善，他充滿才華，可以幫公司賺錢，他對女兒無私地付出，他讓家人以他爲傲。他每天都努力地維持這些被愛的條件，好壓過他心底潛伏的擔憂，又過一日。

有時候他心中傲慢的那一半會出來制止他這無聊的反省。但大部分時候，他就是無法停止。

他已經盡可能地遵循他能遵循的社會規範，希望能夠不要再聽見那些質疑的聲音，他受不了別人的質疑，一聽見就忍不住也跟著質疑自己。但他終究無法遵循所有的規範，有時候他心中強烈的欲望驅使他違反這些狗屁規則。

因爲規範不能帶給他眞正想要的東西，只有欲望可以。

於是他又開始聽見那些聲音。到了最近，他知道情況愈來愈嚴重，因爲在別人張開嘴巴以前，他就開始聽到那些聲音。

這表示他與自己的欲望愈來愈接近。

他已經飛行了七個小時，還有六個小時又三十分鐘，就會到達目的地。

他整個上午都在閱讀，看完整本小說以後，又花了一整個下午想像。

「一整個下午」這個時間觀念本身其實也是想像。他正搭著噴射客機從地球的西半邊越過遼闊的海洋，跨越國際換日線，往這個星球的東半邊前進。

光是經過換日線這件事情就已經夠讓他迷惑，原本他連到達的日期都算早了一天。

「你是不是想害我在大廳等上一整晚，到了午夜，警察還把我當成妓女逮捕，因爲連訂房紀錄，都沒有我的名字！」發現錯誤的時候，她很生氣。

他剛在這個位置上吃過了第一頓飯，窗外陽光依舊刺眼，他只好再拉上遮光板。

所以他擅自想像這是個漫長白日的下午，只要再過幾個小時就是黃昏，就到晚上了。

想像是他的工作，十年前他自己都無法想像，自己現在正巧妙運用自己的任性和長年想像的經驗，養活自己的小家庭，沒有多的，但什麼都不缺。

每個人開始意識到自己年紀的時刻都不同。

很多女孩子從十九歲就在嚷嚷自己好老，有些是眞心的，有些只是沒事做，希望別人誇她年輕，無論是否眞心，到了二十九歲，那些女孩應該意識到過去十年其實可以少些抱怨，多些盡情享受年輕的心情，老化是一種比較的結果，是一種心情。

說也奇怪，他從小就知道這些成熟的道理，他知道自己有點過度早熟，但這種清楚的認知反而讓他能夠有意識地去盡情投入年少輕狂。

年輕的時候有過很多快樂的時光，也有再也不願想起的錯誤與痛苦。任何用力活過的人、神經比較纖細的人，都會有點事情不願想起。

但那些事情，卻不斷在夢裡見到。

已經過了很多年，發生了很多事。曾經一起成長的朋友各自在某個時間點往不同的方向前去，能夠稱得上是朋友的人，那種任何時間你 drunk dial 都不會翻臉，或是就算翻臉你也確定會和好的那種人，幾乎一個也不剩了。

到了這個階段，這是個什麼樣的階段。

他身邊的人，總是親熱地叫他的名字，臉上卻流露著困惑與恐懼，他們以爲自己隱藏得很好，其實根本一目瞭然。那些人害怕任何跟他們不同的人，但又需要他，所以只好忍受、安撫、站在不會激怒他的距離之外，等著他給一點他們需要的東西。

現在旁邊就有一個座位號碼 52B 的丹尼，再也沒有比兩個孤僻的男人一起搭乘長程班機出差更尷尬的事情了。

如果不幸他們一起遭遇事故，他們的姓名就不再具有意義，對搜救人員來說，他們兩人就只是 52A 和 52B。眞可怕的想像，但他心底的恐懼不是來自這過度不合時宜的想像，他對想像嚴格地分級規範，讓他清楚自己不會被某些低等想像控制。

那麼你在害怕什麼？他問自己。試想自己這種焦慮是哪裡來的。

是興奮嗎？

好像還好，雖然心情是眞的很好，但總之他清楚自己帶上飛機的心情是十分平和的。

是害怕嗎？有什麼好怕的呢，我是去工作啊，又不是我自己的主意。

是擔心嗎？也許她是在擔心什麼，但我是不會的，我也是這麼跟她說的。

我不擔心，但我喜歡低調和祕密，笑臉符號。他這樣寫。

我也是。

她這樣回著他的信。他希望她打下這句話的時候是微笑著的。

好吧，他是有點緊張。

眞想抽菸。

頭頂上的行李廂裡，有一整條剛買的淡菸，但他卻一根也不能抽。

打火機，有，藏在背包深處的暗袋裡。自從安檢大肆搜查隨身行李的打火機以後，飛行的菸槍們也練就了各種藏匿打火機的方法。長途飛行下機後經過重重關卡進到一個國家，走出航廈看著整排計程車，拿出香菸卻怎麼也找不到點火的方法，那是比勒戒所裡的落魄作家更落魄的狀態。

他總是預備一個壞掉的打火機讓安檢人員拿走，起初他們只要收到一個打火機就會滿意，最近先進的儀器愈來愈多，連一個也藏不住。

後來他找到一個形狀怪異的打火機，經常能奇蹟似地通過各種儀器和銳利的眼睛。

就像代表人類最後希望的火種一樣，被帶到海洋的另一端。

那種種的努力過了幾年已成了習慣，但是海關的流行趨勢似乎又吹向別的地方。最近各地的安檢單位十分熱中的，是瓶裝飲料和女性身上各種瓶罐內容物形態上的定義。

於是安全檢查哨的前端原本堆放著沒收打火機的地方，現在放著大型的瓶罐回收箱，有許多人不甘心就這樣把剛買的飲料丟棄，站在機器前想把東西喝完，或是爭辯著爲什麼連這種無害的必需品也不能帶在身邊。

「先生，你的包包裡有瓶水。」

「謝謝，我剛在樓下買的。」

「先生，瓶裝水不能帶過去。」

「可是我會想喝水。」

「裡面有商店和販賣機，你可以買來喝。」

「我剛不就是買來喝了嗎？」

「但是這不能帶過去，請你把它放進那邊的桶子裡。」

「可是我是怕等會想喝水才買的啊。」

「先生，裡面會有賣水的地方，這水不能帶進去。」

如此無用的對話一再循環下去。

女人隨身包裡謎樣的各種保養品，也成爲話題的焦點。

「這罐子裡的液體有兩百毫升，你只能帶一百毫升過去。」

「可是這不是液體。這是凝膠。」

「凝膠也是一樣。」

「你們的說明裡只寫了液體。」

「這不合規定，不能帶過去。」

「那我挖掉一百毫升還能帶一百毫升過去吧。我要飛十八個小時我不想臉變成木乃伊。」

「那麼請您回去門的那邊處理，請裝在密封的塑膠袋裡。」

「密封的塑膠袋？什麼意思？」

「可密封的塑膠袋，像照片上這樣的。」

「……我沒有。」

有些人會當機立斷地想出折衷之道。

「我在這裡喝完，空瓶可以帶過去嗎？」

「請到旁邊喝。」

「我馬上就好。」

「請不要站在這裡喝。」

「只剩一點點，我馬上就喝完了。」

「請到旁邊喝。」

「我誰都沒礙到啊！」

就像有時候你以爲自己是來到一個地方作客，準備好接受一些款待，卻被當成嫌犯處處懷疑，你當然會生氣，卻同時也害怕了起來。你開始知道，就算自己眞的什麼壞事也沒做，也還是**絕對有可能**被當成壞人。

而他因爲這特定潮流的變化，得以保有所有藏好的打火機登機。好像幾年前對打火機的恐慌根本沒有存在過一樣。

也許有一天在機場這樣的地方，那對特定人種莫名產生的恐慌，也會像沒有存在過一樣地消失。

那也是一個夢想。

今天早上他最後一次檢查相關文件和所需檔案，輕輕提起行李箱，不讓輪子刮在地板上的聲音吵醒孩子。關上門前，他看見的是妻子側躺在床上的背影。

他知道妻子的眼睛是睜開的，也許正在看著窗外的天色出神，也許正在流淚。

在這種難以處理的時刻，班機時間的壓力，可以解救無路可走的罪惡感。

等到他有時間，他也能夠向家人好好證明，自己不是壞人，只是不完美。

等到他有時間的時候。

客艙內只剩一個空姐在緩慢地走動，檢查是否有不聽話的乘客把遮光屏打開，打亂他們設計的睡眠時段，只要有太多人醒著，就會增加組員的工作。但是外面的陽光那麼強，他知道，機長也知道，明明就不是該睡覺的時段吧。只是欺騙自己而已。

他繼續看書，想著再無聊點的話，就突然打開窗戶故意惹那一點也不漂亮的空姐生氣。

那也不算太有趣的事，不漂亮的人生氣並不能對他產生多大影響。

他想惹毛的，是另外一個女人。

她生氣的時候，總是充滿戲劇的張力。

她的怒氣有千百種，每種都完全合乎邏輯，表現卻能出人意料地有趣。並不是有趣她的怒氣就不可怕，當她想要讓誰難過讓誰哭的時候，經常都是準確無比的。那是她的才能之一，她的怒氣可以讓人敬畏，而且更加相信她帶領的方向。

他羨慕她，他不一樣，從來無法眞的對什麼事發怒。他和她都有利用個人情緒達成目標的過人才華，但是路線卻是完全相反。這是他第一次這樣分析，竟然相當有道理。

他拿著墨水筆在素描本上畫著人臉，他心裡想的是個漂亮的女人的臉，但是畫的卻是個老男人充滿風霜的臉。

頭頂上香菸盒下面壓著的劇本才剛完成，戲裡面那個代表威權與保守派閥的委員會裡，就應該要有這樣的一張臉，他自始至終都沒有講一句話，但是這張臉一定要在那個鏡頭裡。

眞想游泳。他開始喜歡這種在高空中激起不可能的欲望的樂趣。

航空服務的發展如此朝向金字塔頂端邁進，既然現在頭等艙的貴客可以在飛機上洗澡，難說以後不會出現機上游泳池這種荒謬的服務。

也可能出現在私人包廂內兩人激情過後正在互相凝視時，傳來「叮咚！客房服務，您的香檳和水果」這種場景。

但他對游泳的渴望僅止於單純的單人運動這樣的等級而已。既不需要池邊雅座也不需要無數比基尼下的長腿從池中的視線高度來回走動。他要的只是獨處的時間和水的包容。

這項不可能的欲望就進行到此爲止。

現在開始想像惡整不漂亮空姐的可能性。

他想像著遮光屏外的應該刺眼到很過癮的藍天和重重雲層下反射著光線的遼闊海洋，以現在的高度，就算打開窗也看不見水面，儘管正這樣想著他還是控制不住犯罪欲地把窗屏刷地拉起來。鄰座的同事依舊戴著他的怪胎眼罩，在特定設計工作室購買一對二十美元的眼罩，上面畫了一對塗了藍色眼影的女性眼睛，丹尼對自己內向個性的挑戰，最多就只到這裡。

從臉部肌肉的變化知道丹尼確實皺了眉頭。

不漂亮的空姐勉強緩慢地從座位上拔起自己的臀部，壓抑著內心的不悅，朝他走過來。

他再度關上遮光屏。對不漂亮的空姐擺出歉意的微笑。

被他那張好看的臉上無辜的微笑激發了母性，不漂亮空姐怒氣全消地回報以微笑，轉身回到自己的區域。

不要再計較那些無謂的細節，想想這趟旅行的重大意義。他收起微笑。

他將有幸目睹，一個古老國家正在急速現代化、想要做盡一切別人能我們也能的事情。同一個世界、同一個夢想。

也許是因爲嚮往太多，資訊太少，此時他根本不知道該如何期待。

他對那個地方的人有一點沒來由的抗拒感，他也不像其他人一樣對氣派的古蹟和宮廷建築充滿興趣和熱忱。他覺得那都很麻煩，他期待的是像住在這個城市的年輕人一樣晚上出去喝酒跳舞，搭訕漂亮的女孩，在路上遊蕩跳舞。

當然這也只是他的想像，這個城市的年輕人晚上都做些什麼，其實他沒頭緒。只是用自己能理解的框架來稍微想像一番。

我們都只能用現有的框架來想像，這是必然的。

就算再有想像力的人，也只能靠著自己經驗中現有的框架來想像。

那麼那一個夢想，到底是建立在什麼樣的基礎上？

他根本毫無線索。

只能聽從本能了。他把頭靠在窗沿，就好像看得見風景那樣，對著緊閉的窗陷入沉思。

03

服務

五星級飯店嚴格區分吸菸和禁菸樓層的政策，是他唯一的救星，感謝這項政策在全球都嚴格執行。

他得到了距離丹尼七層樓遠的吸菸樓層房間。

他回房間脫下外套，換上便裝。那個白色信封摺起來放進工作褲的口袋，信封被摺疊後，他隔著紙張摸著褲袋裡鑰匙卡的形狀。他透過高聳明亮的落地窗，看著寬廣道路兩旁的街燈，整齊劃一地亮起，劃破朦朧的長空。

這城市充滿了過去的煙塵，但對未來確實抱持著無窮自信。

但願我也能那樣地充滿自信。他想。不過這只是我的空想。

他一個人搭乘西側電梯來到飯店櫃台，盡量做出輕鬆的口吻，隔著大理石的桌面，將信封往那個緊張的新手面前推。

怎麼知道她是新手，她當然是，這個國家正要進入全新的階段，幾乎所有人都是新手。

「我這有一個信封。」他用修長的手指把寫上名字的那面轉給對方看一眼，又蓋到底下。「等會有一位小姐會來拿。」

服務員的微笑在驚慌之前就已經稍嫌僵硬，她想了一下英文句型正確的時態變化，然後謹慎地說：

「請問這裡面是信還是物品呢？」

他看著服務員的眼睛，在那單眼皮上稀疏的睫毛下；他不知道自己正準備採取的態度是否會驚嚇到這個女孩，但在他思考之前已經脫口而出：

「你不該問這個問題。」他說。

服務員深吸一口氣，發聲變得困難起來，但她正努力搜索腦海中所有學過的業務對策，她知道自己必須繼續這個對話，無論如何，中斷對話的時間必須由客人決定，書上很清楚地強調過這一點。

「請問……她……那位小姐……大約什麼時候會來呢？」

「我不知道。」他有點不耐煩，平常的他就會跟這女孩微笑，把她電得暈陶陶的，但他現在沒那心情，他很緊張，而且很累。「她到達的時候，會過來跟你要這個信封，到那個時候，你不就知道她來了？」

服務員知道自己手心在冒汗，緊張到膝蓋有點顫抖，但她不知道的是，在這個洋人的眼中，她那些緊張過度含蓄而內斂，根本等於沒有表情，當然也不會知道自己有多嚇人了。

「那麼，請問，她，那位小姐，會跟你待在同間房嗎？」

他被問到有點惱火，他不知道這是因為自己內心的緊張被敲醒了，他以為這時候的怒火是理直氣壯，被問到私人問題而感到不耐煩。

他總是這樣，心底眞正的理由，自己總是沒有意識到，他以為的理由，自己卻深信不疑。

「這也不是你該問的。」

服務員的腦海已成空白，眼眶裡有點淚水，她無法理解這種狀況。從小她在團體中生活成長、依循規範、服從多數、直來直往、沒有祕密。這些東西員工訓練手冊上沒有寫，什麼微妙的心情、曖昧的要求、複雜的人際關係，各種暗示和配合，這太困難，她還學不會。

他看著女服務員額頭開始冒汗，陷入尷尬的沉默，還是不能理解自己造成了一個女孩內心多大的恐慌。

「Never mind.」他收回信封，看了一下左右，把信封收回西裝胸前的內袋。「算了。」

他後退幾步，看著那女服務生，想傳達「把這件事全忘了吧！」的訊息。但到底能不能傳達，他也不知道。

這不是他第一次思考「服務」的本質。

上一次作這樣的思考，在完全不同的場景裡，是在巴黎。在那個城市，你問服務人員一個問題，希望得到一個負責的回答，這就是服務。但在巴黎，經常你得到的不是答案，而是另一個問題：

「您沒聽廣播嗎？」

「您剛才沒先用自助 check-in 嗎？」

「您要我幫您擦一下桌子？」

「您的意思是，您吃完了，盤子要我收？」

他們總是使用「您」的敬稱，毫無例外。但你總是不禁懷疑，也許是我搞錯了，也許這個人只是剛好穿著制服站在這裡，我自己才是服務人員？

他們並不是壞人，只是如果努力讓你方便一點，會減損他們一絲優雅的話，那也只好犧牲您的方便了。

一個稱職的顧客，必須打從心底誠心地用笑容打招呼，讓對方覺得自己被尊重，然後切入主題，客氣地請他幫你這個忙，就算這只是他分內的工作。但在他心甘情願地幫你完成後，那份深切感動的心情，是世界其他地方很少見到的。因爲他們實在太爲自己的親切和專業而深深感動了。

很少人認眞想過這個問題。他在法國深切地思考過，到了這個國家之後，處處又顯示著另一種迥然不同的思考方向。

在這個國家，他看到的差別是：「服務」與「爲人民服務」，是完全兩個不同的星球的事。

當他們習慣爲人民服務，「人民」這一集合名詞，包含了自己。而資本主義社會創造的服務專業，當你在服務時，對象並不包括自己。

這是一個新的宇宙。

計程車下公路、上坡道、飯店前等待的制服人員爲你開門，問你有幾件行李，check in之後幫你送到房間。這種讓自己的東西離身體愈遠愈好的模式，這就是五星級飯店模式，在世界每個角落都一樣，在沙漠的賭場也是、在永夜的極地城市裡也是，在這爆炸般地成長中的國家也是一樣。

直接複製已被證實過的五星級服務邏輯，讓全球化的這一部分變得簡單。

但在這個國家，你知道，要做什麼，都不會有你想的那麼簡單。

此時此刻這個國家的人民，有著一個夢想，他搭著這個夢想的順風車，飛行十五小時，穿越十二小時的時區跨過國際換日線來到這裡，接受這個國家的款待。就像他們總是說的，那也是個先進的城市，只要帶錢和護照就好了，什麼都有得買，服裝的品牌、餐飲、購物中心的內裝，除了jet lag之外根本沒有差別。

眞的嗎？他想。

跟他一同旅行的丹尼，十五小時中有七個小時醒著，七小時中講了整整三小時新的iPhone有多迷人、有多不可思議。

動畫宅男多少都有點偏執，容易著迷於抽象的事物，自說自話，同樣的事情可以用不同的句型和表現手法重複講述一萬遍。他們到達世界上任何一個城市，第一件事情就是去找跟別處一模一樣的Apple Store，看著全球統一型號的商品標著全球統一的售價，只有貨幣單位不同而已。

這個國家有十四億人口，他都無所謂。就只有身邊這個講著一口腔調圓潤南加州英語的宅男，讓他覺得累。他對這傢伙微笑，只是因爲這傢伙負責在支票上簽字。

他每年總會有一個那樣的時刻，出現那種忍不住想要脫離這個世界，離開這些傢伙的心情。於是他們就在支票上加上幾個數字，叫他留下來。看到支票上的數字，他也每次都會眞沒用地留下來，繼續忍受這些人的平庸。

（沒辦法，因爲我只是個凡人，我知道我需要更多的錢。）

被丹尼這傢伙跟過廣大的海洋，跟到這個地方，他還是得對這傢伙微笑。就算丹尼連一點點當地貨幣也不願給他帶在身上零花。

「我們不是都一起行動嗎？」丹尼是這樣說的，「我會一起買單。」

於是他們就這樣，活像一對貌合神離的同性戀人一樣，坐在充滿艷紅迷醉氣氛的飯店酒吧裡，吃著吃過就會忘記的無趣簡餐。他一直刮著盤子，看著白色瓷盤的顏色一點點從牛肉醬汁中露臉。

直到聽見她的聲音，從長吧檯遠處漸行漸近。他那才用無味食物塡滿的胃袋瞬間緊縮了起來。

走出機艙的時候，夜間照明已經全亮。她是在南方的島嶼長大的人，她習慣自然的光線，比較受不了人造光芒的魄力。

在他們最後幾筆簡短交談裡，他們談到低調的事情。

「無論何時，記得要戴上深色墨鏡。」他那封郵件裡只寫了這一行。

她想了一會這句話的含意，同樣一句話放在一封長信裡和只有這一行字，有完全不同的作用。她有點不悅。心裡不開心就說，是因爲希望對方能彌補，但這種情況下，讓他知道自己沒來由地因爲一句話而不悅，似乎有點太便宜他了，說不定他只會沾沾自喜，確定不會想要彌補什麼。

因爲他誰也不是，她也什麼也不想要。

「你在擔心嗎？」她回信，只有這句話。

再也沒有比只有一個問句的一封信，更清楚的問句了。

她按下傳送鍵。丟出問題的瞬間，有時候讓人興奮，有時候讓人緊張得痛苦，有種也許會後悔的預感。

「不會。」他馬上回信了，同樣的幾個字，回信的速度可以判斷對方是否篤定。他知道自己在做什麼，他會努力不讓這美好的假期被破壞。「只是身邊會有同事，我們都要保持低調，非常低調。他們認得我們。」

可以接受，這樣的講法可以接受。不是太甜蜜的講法，但是有禮貌，而且事實如此。

但這個地方、這座機場裡，戴著那副蓋住半張臉的大墨鏡似乎時尚過頭，好像反而是要引起眾人的注意一般。她考慮把白色的貝雷帽拿出來戴上，但同樣的道理，這個嶄新到充滿著亮光漆味道的機場，戴帽子的只有清潔工而已。

她站在清潔到非現實的航站廁所裡，來來去去的其他女人們，到廁所的目的都只有一個，就是來方便，站在洗手台前就是洗手，這麼大的鏡子，看著自己的臉的只有她自己。

她拿出極盡低調的米膚色唇膏，想增加一點浪漫，但還是低調。收起化妝品，偌大的廁所只剩下她和歪在走道盡頭無聊到不行的清潔婦。清潔婦的頭上，倒是戴了頂白色的帽子。

大概是這樣吧。在這裡，最好的喬裝就是不要喬裝。她想。

計程車不會停在你的面前，你得走到車子旁才行，這也是在這個機場的新學習。

輪到她時，穿制服的人手一揮指著那台車，要不是司機下車來提她的行李，她幾乎要自己舉起箱子放進後車廂了。

「去哪？」司機坐定，繫上安全帶。

她說了飯店的名字。這是全市區最高級的飯店，沒道理任何一台在機場候客的計程車不知道。

司機當然知道。

「我不趕時間，」她說，實際上，她還想盡量晚點到，以避免因爲什麼突發狀況比他還早到，那就太沒面子了。「你帶我繞點路，看點風景吧。」

司機放在方向盤上的食指敲了幾下：「要看風景呀……」他的語尾就那樣飄散在不怎麼清新的空調中。

也許從機場到那兒的路就這麼一條吧，也許根本沒有好看的吧，或也許她說那句話的意思太曲折，他根本就沒聽進去。

總之車上了外環公路，她盡量做出對兩旁公寓樓房充滿興趣的樣子看著，這樣經過整整半小時後，她也分不清楚這樣的夜景到底是有趣、還是不有趣。

這個城市夜晚如此安靜而清潔。她看著窗外黑壓壓的樓房。

他們說本來比較熱鬧，因爲國家那一個夢想的關係，夜晚必須安靜。

外環公路盡頭到了，這台車齡五年左右的綠色計程車把她帶進了市區的入口，好像通往超現實的宇宙閘口，公路兩旁壓倒性的巨大建築用LED螢幕當作外牆，閃爍的火光從這棟樓跳到那棟樓，她坐在車裡，向上看不見夜空，彷彿這些樓牆才是夜空本身，無聲地在夜裡揮舞著希望的旗幟。

但這些樓只是樓而已。眞正的天空比這遼闊太多，但在這些樓牆之下，這就是你能看到的全部天空。

車循行車方向上了廣場在噴水池前停下，自然有人開門。

在她什麼話也沒說之前，領班便派了會說英語的門房來招呼她。她知道這是因爲自己眼睛和頭髮的顏色不太一樣，經常碰到這種事，怎樣都好，總之要低調。

她把箱子寄放在櫃台，轉身走向閃著紅色燈光的酒吧入口，那一刻她知道自己不應該進來的。

整個酒吧就像華爾街最晚關門的俗氣酒吧一樣，充滿著不得已在這裡喝酒的白人們。他們在這裡不是因爲他們喜歡，而是因爲在這種時刻只有這個地方能讓他們喝酒聊天講著跟平常一樣無聊的話語。

門口的女孩穿著黑色的套裝，凸顯她與其他服務人員不同的地位，她露出得意的笑容在酒吧入口迎接她。到底在得意什麼她不太知道，不過她脫口而出的，是英語。

她邊觀察著已經坐在裡面的人們一邊說著：「我跟人約在這裡，So……」她預期的是商業社會制式化的反應，客人做了開頭，你要給他幾種選擇，不要逼客人用腦過度。

黑色套裝的得意更高張了幾度，用標準好萊塢電影腔調的英語回應著她：「So?」

那樣的回答，就等同你說「啊所以咧？」不管你用意是什麼，都絕對不是禮貌的表現。

其實你沒有眞的怎麼無禮，只是你不該這樣說。身爲穿套裝的人，我對你的期待更高一點，她看著那女孩這樣想著。

不過這種事太微妙，也許員工手冊裡沒有教吧。

總之她心情馬上變得不太愉快。如果進步就是這樣的話，那還不如不要穿套裝。她看著那發光的長吧檯。

「I'll sit at the bar。就這裡吧。」

她不知道要等多久，這邊的劇情要怎麼發展，不到那一刻誰也不知道，她必須找點事做。

她花了很多時間看酒單，酒單紙質厚實，行距拉得很大，但其實選擇眞的很少。而且非常貴，眞不敢相信，一杯酒的價錢能請一桌人吃家常菜了。她勉強選了巴西調酒Caphrina，當作測試，這種調酒在世界各地喝到的顏色和味道都差很多，所以到最後，她還是不知道哪種才是正確的。

然後她開始玩手機，對東京的電車上盛裝打扮的無聊少女來說，這種行爲是殺時間的首選，但她不是在東京。

想起來了。

她隨身包裡有本書，這個吧檯會發光，她可以看書。拿出來以後才發現吧檯本身如此閃亮，逆光讀書是非常痛苦的。何況在酒吧裡看書比玩手機更引人注目。

而她出發前曾經被提醒不要引人注目。
這世界上只有兩種人，習慣看別人的人，跟習慣被看的人。
她想著自己的人生，總是在提防被人注意，但當別人不注意她時，她又沒來由地恐慌。
酒送到面前，她考慮著，慢慢喝了一口。
年輕的男服務不知何時已一臉緊張地站在她身後。
「有事嗎？」她乾脆直接說中文。
「有您的電話。」他聲音有點乾澀，但還是微笑著，「在櫃台。」
微笑是一件完全需要思考的表情，那不是因爲覺得好玩所以直接反應的表情，微笑通常是爲了對方看了愉快。對很多人來說，微笑需要長久的學習，對某些人來說，卻是天生的才華。
她則是花了很多時間才發現自己有這種天生的才華。
但她現在知道，要用在「眞正」有用的地方。
不是這裡，但馬上就要用到了。
她放下電話，從桌面到地板，一切都發射出白熱光線，爲了平息白熱光的溫度，只好把空調開得更強。強光與冷氣，好像可以通往未來的走道。

她離開映照著紅光的密室酒吧和得意莫名的女性領班，她得去一個地方，在那之前，她叫行李櫃台把她那一小件行李送到樓上房間。

她說出在電話上聽到的房間號碼。

「請問房客大名是……？」行李員以中立的姿態看著電腦螢幕。

她說出他的姓氏。

叮咚！如果是日本的遊戲節目，這時候應該要有彩花落下，計分板翻面，卡通人物熱烈地恭喜你！

「好的。」行李員文明且合乎操守地向她點頭。「馬上就爲您送上樓去。」

她目送著行李被放上擦得光潔如新的推車，直到電梯門關上。

04 約會

門廳的服務員推動著高大的旋轉門，她走向噴水池，才剛入夜。旅途才剛開始。

花了五分鐘，才走完飯店前的階梯，再花五分鐘，才能走到十字路口。這是一個大城，但似乎又沒那麼大。

面街的成排銀行飯店高樓大廈的後面，是低矮的舊建築，她轉個彎，就進入了尋常街區，這讓她鬆了一口氣。

醫院的對面，賣的是花籃壽衣。有道理。

雜貨店的旁邊，是電影院，每個票口，賣的都是同一部電影的門票。這也可以。至少還有一部電影可看。

等著晚班公車的人們，有些就那樣蹲下來了。眞的累壞了。

夏夜的蟬鳴也有點懶散了，吃飽了飯的大爺們在門前拉開躺椅，袒露著肚皮、搧風聊天。

屋裡門簾後面，有著四方形的桌子，桌子的四邊各坐著一個腦筋靈活的街坊鄰居。跟歌謠裡面唱的都一樣。

她放下毫無道理的恐懼感，開始用長久累積的常識來撫平怕生的感覺。

她讀過很多關於這個地方的事情，那些都是眞的，那些人都是活著的。

現在她要去見一個活人，那個人跟她曾經十分熟悉，曾經相愛過。

也許現在還是相愛的。

不見是不會知道的。

一邊讓自己左右這樣辯證著，一邊就走過尋常的街區，來到下一個不太尋常的華麗建築前面。

車道上沒有車，行李推車上沒有行李，連門僮和警衛都像快要熄火似地等待著時間過去，跟那奢侈的全亮的燈飾正好相反。

她看了一下時間，剛過十點，並不是凌晨兩三點。用她所知道的城市邏輯來定義，沒錯這夜正要開始，一開始就說過了。

這個城市，有些故事，她聽過非常多遍，但還是有很多她不清楚的地方。任何一個活著的城市，都不斷地在變化，就算這麼老的一個城市也是一樣。

她正在爲城市找藉口。

大廳酒吧舒適高雅的沙發上空無一人，女侍跟酒保隔著吧檯輕聲聊著，以她所知道的城市邏輯，這是夜的盡頭、打烊的景象。

燈光依舊全開，但歇息的空氣讓她感覺燈光似乎沒那麼亮了。

她又看了一次時間，的確還是十點多。

女侍看見她，拉平制服戴上微笑走到她跟前。

「大廳的lounge已經打烊了。請到二樓的作家酒吧，營業到十二點。」女侍微笑地領她到電梯口，送她上了二樓。

隱蔽的入口讓她想到曼哈頓那些僞裝成圖書室般的雪茄吧。書和雪茄，似乎都是不睡覺的好理由，但在這裡，正待推廣。

她接受服務生的親切領位，穿過空盪的酒吧和當成牆飾的成排藏書，走向靠窗角落的閱讀椅，那邊的人坐得很低，只看見穿著石洗單寧的兩腿無聊地在椅子外輕輕搖晃著，膝蓋前方的矮桌上有喝了一半的威士忌。

「我跟他喝一樣的。」她低聲對服務生說道，服務生識趣地點頭離去。

他從落地窗的反射早就看見了她，他們倆都心知肚明。

現在重要的是，這個段落要怎麼起始、怎麼轉折，才能算是個好故事。

「我知道，你靈感用光了，你山窮水盡，想不出新的故事。」她說，「這種時候你就想到我了。」

「那還得看這故事到最後，發展得好不好。」椅子裡的人說。「有多少時間？」

「四天。」

「足夠了。」

「我可以坐下嗎？」她問。

「Darling，」他轉頭看著她，「當然可以，不然我也不會在這裡。」

她想像過看到他的臉的情景，但實際上看到的時候，因爲相隔太久，臉卻有點不像臉，講話的有點不像嘴巴，像別的東西。

她閉上眼睛，再睜開眼睛。耳朵開始灼熱起來，自己的體溫說的，是這個人沒錯。

把手提包垂放在地毯上。

該她說話了。現在即將說出口的，是看見他的眼睛之後的第一句話，做爲相隔四年的第一句話，這句話要是不夠有趣，不夠性感，就會害得這個故事的開頭不夠理想。
在她開始給自己壓力以後，她才發現自己的肩膀，原本就一直都是繃緊的。
她往外吐了一口長氣，把肩膀放下。讓自己想起一些快樂的事情，讓自己從微笑的嘴中說話。
「像這種時候，我該摘下墨鏡，把瀏海撥開，微笑。然後脫下外套、露出肩膀，把外套隨便丟在旁邊的椅背上，然後在你面前抬起右腿，疊到左腿的上面。」她繞過男人的椅背，走到他與落地窗之間，「但我說過了，在這裡，只有瘋子和過氣女星才會在晚上戴上墨鏡。這麼熱，我也沒穿外套。你看。」
「我看到了。」
「所以我就這樣坐下來吧。」她就這樣坐下來，確定他視線停留在自己的膝蓋間以後，才把右腿移動到左腿上。
「不管怎樣都很引人注意。」他也對著落地窗上反射的人影說著，「因爲你無法克制自己。」
她當這是讚美。
「那張你需要的發票，項目要怎麼寫？」

「顧問費。」他毫不遲疑地說，「專業諮詢。」
暫且不管發票的事，她體會著非常舒適高級的座椅。
「難怪你不想站起來。」她舒服地陷進沙發裡，「這椅子眞棒。」
「比剛才吵雜的紅色酒吧好多了，既安靜，又舒適。」
她知道自己被盯著看，但這也暫且不想理會，因爲椅子太舒適了。
他繼續看著她。「我看你走進來，丹尼就坐在我對面，心臟都快跳出來了。」
「我又沒看到你們。」
「你還往我的方向看了好幾次。」
「我只是東張西望。」
「有兩次，你跟我都已經四目交投了。我以爲你認出來了。」
「你是說我在你對面直視著你，卻沒有發現？」
「對，幸虧。」他涼涼地說，「不過也很令人傷心。」
「我有時候會這樣，睜眼瞎子。」
「丹尼也是，他一直看著你，但又好像什麼也沒看到似的，什麼也沒講，吃完飯就回去房間打電話了。結果只有我一個人緊張得要死。」
空盪盪的酒吧，除了他們以外，只有另一對男女，坐在八人座的沙發區，相隔一人寬，拘謹而嚴肅地談著話。面前的酒，連一半都還沒喝到，冰塊已經完全融化了。即便拘謹，從相視的眼神，還是可以得知兩人的關係。

「我從剛才就在想，」他說，「等你到了，我們要爲他們做個示範。」

「什麼樣的示範。」

「情人在深夜酒吧安靜的深處應該做的事情。」

於是他們就做了示範。

服務生乖巧地等情緒高張的時刻結束，才輕盈地把杯墊擺上，放上酒杯，換了新的菸灰缸。

她把菸放在嘴邊，讓他用打火機爲她點菸。

「讓我想起二〇〇三年三月三十一日的晚上。」點起了菸，她說。

「那天晚上，怎麼了?」

「那是你還能在紐約一面喝酒一面抽菸的最後一個晚上。」

他點上菸，若有所思地回想著那個晚上。

「我記得。有如參加好友告別式一樣的一個晚上。」

「那天晚上我們在幹什麼，你記得嗎?」她問。

「嗯……要看你問的是在吧檯邊的時候，還是在廁所裡的時候。」

「原來你記得這麼清楚。」

「當然。」

「但你總是不承認自己記得。」

「我怎麼會不承認呢？什麼時候，你說。」

「我問你會不會出席訂婚派對的時候。」她說，她停頓了一會，也許根本不該提起，但她已經提了。

「我說了什麼，那時候。」

她吸了一口氣：「你說，哦，是明天嗎，抱歉，我忘了，我有別的安排了。」

他沒有說話，看著燈光稀疏的窗外夜色。這城市的人還眞早睡啊。

是我的錯，她心想，我不該老是想到什麼就說什麼的。

「我是眞的忘記了。那段時期是我人生記性的低點。」他這樣說著，看著她，好像在說，沒關係，這次我原諒你。下次我說錯什麼，你也得原諒我。

「我原諒你，反正，」她說，「後來也沒成功。」

當然好。她想。不管怎麼樣，我們都不想糟蹋這有限的美好假期。

「你有一點不一樣了。」他說。

「哪裡不一樣？」

「你變合作了。」

「謝謝，我努力很久了。」

「我說眞的。」

「我也是說眞的啊。」她說，「眞是的，要是我不要花那麼多年才學會當女人，我就……」

「就不會那麼有趣了。」他搖頭，「我覺得這個順序很好。」

「說不定只是因爲年紀大了吧。」她交換雙腿的位置，「你也變了一點，但是不會太多。」

「想到年輕的時候有多笨，就會覺得幸好人會變老。」他想想對女士過意不去，「但你外表看起來還是一點都沒變。」

「我自己知道哪裡變了就好。」

「也不過是幾年前的事情，講起來好像上輩子。」

她往後躺回椅子的深處，「對我來說，眞的很像上輩子。」

「總是有點好的回憶吧。」

她閉上眼睛想了想，再睜開時，隱形眼鏡似乎乾澀了起來，她眼前有點霧濛濛的。

她看著城市夜景，似乎是眞的有霧，但看起來又不像水氣。

「上輩子啊，我記得有一些好事，像隔著霧看，當我想靠近點看清楚一點時，」她睜著眼睛不閉，想看看到底是霧還是自己的眼睛有毛病，「我又怕我一靠近，這輩子得到的又要弄丟了。」

「那眞的是很嚇人的想法啊。」

「自己嚇自己，總比被別人嚇好。」她又閉上眼睛，戴太久了，這隱形眼鏡。

「拿下來吧，隱形眼鏡。」他說，「怕什麼，我知道回家的路。」

她笑起來：「你怎麼知道？」

「重要的事我都記得，我不是說過了嗎？」

「沒有，你沒說過。你又記得什麼了。」

「你累壞了，想拔掉隱形眼鏡睡覺，卻沒有容器可以裝，我找了兩個 shot glass 裝了水給你，有金邊的是右眼。」

「想起來了。」她一邊拿出右眼隱形眼鏡丟進菸灰缸，「然後不知道是誰把我的右眼給喝下肚了。」

從那之後她就改戴日拋式的隱形眼鏡，她把左眼隱形眼鏡也丟進菸灰缸。

現在眼前的世界只是一團光影，那個男人的五官也模糊了。她突然發現自己這才卸下緊張，肩膀突然放鬆了下來。不知道是因爲視線模糊，還是因爲喝了兩杯烈酒。

隔壁的男女站起身一前一後地離去。男人在後，用現金付了帳。

「要打烊了。」他說。「我們也差不多培養好了一點感情，差不多進行下一階段了嗎，小姐？」

「可以了。」她伸手去摸自己的皮夾，被他阻止。

「照規矩來，這是約會。」他拿出信用卡放在皮製的帳單夾上。「不過好日子大概只有今天。」

「什麼意思？」

「只要我連續兩天在不同國家刷卡，第三天銀行就會停我的卡。」

「歐洲的卡嗎？」

「當然。」

「他們還不知道嗎？世界是平的。爲什麼就是不能接受現實。」

「因爲接受現實，就等於承認好日子快要過完了。」

「好日子要過完了嗎？」

「說不定。」他說，「但我們至少可以快樂地過完這幾天。」

「好。」她樂意配合地回答。

今晚的約會很愉快。

於是他們順利地進入了熱戀的階段。

開始學習關於對方的一切。

第一夜

05 歐陸式早餐

Good morning sunshine.

這是她在柔軟的枕頭上睜開眼睛以後，聽到的第一句話。

他坐在床邊的單人沙發上，盯著她裸露的左邊肩膀。她閉上眼睛笑了，翻身準備賴床，換成右邊肩膀讓他盯著看。

他圍著飯店柔軟潔白的厚毛巾，身上帶著水氣，覺得有點冷。

在炎熱的城市、炎熱的季節，早上覺得冷，真是荒謬的感覺，他把冷氣完全關掉以後，房間裡就變得更加安靜。遠方的歡呼聲和車馬聲在混濁的空氣中混合，再穿過玻璃帷幕進到她的耳朵。

在淋浴間裡的時候，他只覺得開心，唱起歌來，唱著唱著，就唱起了小時候的歌。回頭想起來，自己已經有十年以上沒有唱過的歌，歌詞竟然能記得那麼清楚。真是一首好歌。

出了浴室，單純的愉快心情就消散了。

他得穿上衣服，在九點以前下樓和同事一起早餐，這也是工作的一部分。如果他沒出現，同事就會打電話找他，甚至自己上樓來敲門。然後事情就變複雜了。

他想到自己從來沒跟她一起吃過早餐。

他從背影就能夠分辨她是眞的睡著，還是只是不想講話。

她繼續心平氣和地睡覺，還不想起床。因爲她也不希望事情變複雜。

他嘆口氣，把毛巾丟在地上，撿起地上的衣褲。

有一個商人叫尼可拉，他從威尼斯出發，旅行世界各地與人簽定貿易條款，將各地的商品與服務賣到世界的另一個角落。

尼可拉會的語言只有一種，他的母語，他什麼外語都不通，但他做得非常好。

他知道自己有過人的天分，他能夠在飛機降落之後兩分鐘內，空橋都還沒碰到機門的時候就打開手機開始談生意。他在異國跟任何人見面，即使必須透過翻譯人員，他也能馬上捕捉到這個陌生人的心理和生長背景，說出對方想要聽的話。他的腸胃像鋼鐵般堅強，能夠適應各地的食物，有些食物比較好吃、有些很難吃、有些乾淨、有些非常髒。但他從來沒有得過腸胃炎或食物中毒，回想起自己吃過的東西，眞是要感謝旅行之神的庇佑。

只有一件事情始終如一，那就是歐陸式早餐。

無論他旅行到哪裡，吃了各種形式的午餐、晚餐、宵夜、零食，只有歐陸式早餐總是在他面前開啓一天的序幕。正確地說，是連鎖飯店的歐陸式早餐。

按照維基百科的描述，歐陸式早餐不是一套食譜，而是一種文化概念，提供一個人足夠的熱量和精力，直到午餐時間，而在歐洲，午餐才算是最重要的一餐。

即便文化上歐洲人想要貶低早餐的地位，但是端視歐陸式早餐所需餐具數量，和最好的享用狀態是有專人服侍你進餐的種種特色，歐陸式早餐確實能夠提供某種社會地位的滋味，或多或少。也許因爲這樣，所有全球性連鎖飯店，都採用歐陸式早餐爲標準客房服務的一環。房客入住，檢查身分證和信用卡，拿到房間鑰匙和飯店的早餐券，附早餐的住房服務，是防止房客睡到中午，影響打掃效率的最好方法。

歐陸式早餐的組合從選擇蛋的料理法開始，炒蛋、或是煎蛋，煎蛋的話，您要太陽蛋（Sunny side up），還是荷包蛋，荷包蛋的蛋黃，您想要全熟、半熟、或是runny（流動的生蛋黃）？選擇蛋的處理法是最重要的一部分，在德國如果你選擇半熟或生蛋黃，也許還得簽切結書以表明如果感染沙門氏菌，那也是你自己選擇的。但是在大部分國家，特別是當全熟的煎蛋也沒有乾淨多少的國家，荷包蛋只是一種口味的選擇而已。

接下來是肉類的部分，歐陸式早餐不涉及新鮮的肉料理，選單上的肉類通常都是醃漬食品，火腿或是臘腸，有時候可以選風乾義大利香腸（Salami），如果你很幸運坐在非常講究的飯店裡享用早餐，他們會有很美味的新鮮豬肉餅。

蛋和肉類算是非常固定的結構，到了麵包，不同的地方就可能有非常大的差異。專精麵包的國家，會有整籃各色的新鮮麵包讓你選擇，其中有一半都叫不出名稱，那些麵包到了早餐時間結束沒有用完的就會直接丟掉，浪費經常能夠代表某種品味，這是顯著的範例之一。

但以平均值來說，飯店的標準歐陸式早餐，你只需要在硬麵包、軟麵包、全麥、多穀物或是白麵包之間選擇，要是剛好有印度薄餅可以選，那眞算是走運的一天。配麵包的有奶油、果醬、或是軟起司。

最後來到飲料類，咖啡是必需的，在美國各地你講咖啡便會得到淡如水的大杯稀釋咖啡，要注意這可能會造成早上第一個會議中頻尿的嚴重後果，所以尼可拉總是忠於基本款，濃縮咖啡加牛奶或是調成卡布基諾，有時他會加點一杯純濃縮咖啡，一小杯墨黑色的液體放在shot glass大小的玻璃杯裡，一口喝乾，就像注射了精力素一樣。如果麵包太乾、口還渴的話，有果汁可以喝，柳橙、蘋果或是葡萄柚汁，當然也可以喝水。如果有水果，會是切成小塊的哈密瓜等顏色可愛的當作優格的點綴。

他坐在丹尼對面，讓穿著潔白制服的服務生爲他端上炒蛋和火腿，丹尼在白麵包上抹草莓醬，而他只是默默地看著丹尼在白麵包上抹草莓醬。同事了六年，一起遠行了一萬零九百九十九公里到這裡，他還是一點也不想知道這個陌生人的內心世界。眞是奇蹟。他的咖啡冷了，服務生幫他換上另一杯，一切都有人爲你服務的完美世界，這是他所屬的地方。

「你的培根如何？」丹尼開口了。這樣面對面地吃著早餐，只有在多年夫妻之間沉默才是合理的吧，其他不管多熟絡多冷漠的關係，總還是要講點話。

「哦，其實……這是火腿，不是培根。」他笑笑，「雖然長得眞的有點像培根，但吃起來確實是火腿沒錯。」

「哦眞的，是火腿啊。」丹尼喃喃地繼續念著，「怎麼長得那麼像培根……」然後話又被他隨著比利時鬆餅吞進口中。丹尼喜歡比利時鬆餅，有時候沒有比利時鬆餅，只有鬆餅的時候，他就會很沮喪，但不管怎樣，他還是會選擇鬆餅，不會選歐陸式早餐。

他是這樣的人，他的喜好和興趣會堅定地陪他走到世界各地，不被動搖。

我們都有權利沉迷於自己喜歡的事物，都有被別人嫌蠢但還依然故我的權利。

而且到世界各地都只逛蘋果電腦專賣店，並不會傷害到別人的感情。

而她在這個地方這件事，確實會傷害到一些人，也可能傷害到自己。正確地說，弄不好，最先完蛋的是他自己，然後是她。

他滿確定這個先後次序的。

「嘿，我在想，」他說道，丹尼正在喝他的葡萄柚汁。「我身上一點當地貨幣都沒有，要是碰到不收信用卡的，有點麻煩……」

「又來了，你要零用錢做什麼。你老是忘了拿收據……」

「但我們不一定老是一起吧。」

「我真搞不懂你，要來之前，你一副沒興趣觀光、哪裡也不想去的樣子。」丹尼摸摸自己細軟的頭髮：「好吧，我等一下給你。得回房間拿。」

「Thank you.」

「別這樣說。」他喝乾整杯葡萄柚汁，心滿意足地用餐巾擦了嘴角。「順便跟你說，我們八日中午走，我先不回美國，我要去東京。」

「怎麼突然……」

「我想既然離這麼近，不去看一下我前妻和小孩，也說不過去。」

「但是……我之前問過你，我也有想去的地方，你說客戶訂來回機票不能改……」

「我知道，對不起，但我更改行程是自費。」

「不是費用的問題……」

「拜託，我的朋友，別這樣。我之前也不知道會這樣。再說我們又不一樣，」丹尼說，「你回家就能看到老婆孩子。我還得花錢去看老婆孩子。」

早餐完畢。照安排他今天該進入管制區工作。但丹尼還在電話上處理著通行證的事情。他不明白爲什麼工作證和簽證能發下來，通行證卻還沒準備好。但那不是他的工作項目，他只要等就好了。

他趁丹尼邊講電話邊走出餐廳的時候，將兩個熱烘烘的丹麥麵包放進柔軟潔白的餐巾裡塞進口袋，水蜜桃果醬和原味。

他被指示先回房間等消息，他確定丹尼和聯絡人匆忙地上了計程車以後，放心地進入西側電梯準備回房，走在長廊上的時候，他甚至吹起口哨。

清潔人員還沒來過，房裡有顯而易見的兩個人的痕跡。

但房間卻是空的。

她沒有留字條，也不知道她去哪裡。

行李還在，這表示她會回來。

但是不知道什麼時候，她從來不說什麼時候。

「比起你說幾點卻總是遲到，我不說幾點，反而比較實在。」她以前說過。被講得無法辯白的時候，他就特別生氣，但又不願意表現出來。

生氣、埋怨、嫉妒、要求負責、報告行蹤，這些都是正規關係之間才能存在的行爲和情緒。

而他們兩個什麼也不是，他的生氣和嫉妒一點正當性也沒有，只會讓自己在她面前丟臉。

現在此刻她正坐在街邊，拿著塑膠杯用吸管吸著溫熱的豆腐花，她跟早晨起床爲生活忙碌的居民一樣，街上有什麼就吃什麼，不想邊走邊吃，就隨便找個地方坐著，只要小心別讓人行道的上單車給壓到腳板。

有時候他希望自己也有這樣的本事，到了一個地方，就這樣直接走進別人的生活，隱藏在人群中。她眞的有那樣的才華。

她帶著一副身世成謎的長相，隨著人群方向邁開步伐，五十步以內她就能走得像每天經過這個街口已經兩三年一樣。

她到了印度，天氣太熱她穿著背心，肩膀手臂露在陽光下，店門口聊天的男人們停下對話，譴責地看著這個太暴露的女人，他們眞的相信她是某一支膚色較淺偏黃的印度人種。

她到了紐約，快步行走之間突然站定人行道上，因爲突然想點一支菸；騎著單車衝刺的快遞驚險地閃過她，她只是覺得耳邊有一陣風吹過，繼續大步行進，就像剛把獨立經營的服飾店鎖上準備去赴午餐約會。

她在巴塞隆納，坐在加泰隆尼亞廣場的專用道邊看著潔淨的公車緩緩靠站，她把零錢放在盒子裡，年輕的司機整理下自己的龐克頭說，「De nada.（不客氣）」但她其實並沒有說謝謝，她的膚色曝曬在陽光下五分鐘，開始泛起西班牙火腿般的紅光，看起來就像一個加泰省出身的女孩。

她可以走進紐奧良的小餐館點一整套標準的美國南方Soul Food，把炸雞翅和馬鈴薯泥吃得乾乾淨淨，像鄰座的孩子一樣舔著自己手指上的醬料。

她可以在南加州農場特約的家庭餐廳從早上就開始吃牛排，早上吃牛排，是有一點點超過，但是早餐牛排半價，而且偶爾一次牛排早餐非常過癮，有點犯規的快感。

而她現在在這個國家，曾經封閉數十年、一切都令人好奇的國家裡，當她開口問這豆腐花有沒有冷的，人們便了解她是知道的。她對這個國家的歷史可能比住在這裡的人們還要熟悉，她使用的母語才是眞正祖傳的文字系統，她知道這個國家的很多事情，就算只是第一次見面。

於是她又再度自然地走進這裡的生活。就像那來自威尼斯的商人一樣，她能馬上了解人們的心。

但我只能坐在這裡，他從擦得光亮的鏡子裡看著自己鼻子的模樣。

而他總是想著，她看到的風景，一定比較有趣。

06 完美的距離

與其一直想像著她看到的風景，不如打電話找她。

他記得她的指示，打她的手機號碼時加上國碼，直接進入語音信箱，他掛上電話。

他十九歲的那年，第一次進入亞洲。

母親有氣喘，就像舊電影裡演的那樣，氣喘的母親帶著兒子到南方的海島躲避冬天，因爲醫生說南方的氣溫對身體比較好。

到了那裡，母親卻變得更不舒服。她在選擇地點的時候，整顆心都被地圖上遠方翠綠飄盪的小島所迷住，忘記考慮濕度的問題。

那樣的濕度是他成長過程中第一次體會。水分隨著熱氣進入你的身體，再把身體裡的水分幻化爲汗珠毫不客氣地蒸發出來，他知道如果習慣濕度的話，母親的皮膚會變得年輕，她變得像南亞島上的女孩子一樣漂亮的話，說不定病就好了。

不過母親總之是來了，既然她是爲了躲避冬天和某個人而跑到這麼遙遠的地方，她只能把除濕機開到最強，那老舊機器的聲音很驚人，但母親就這樣每天獨自待在房間裡看書。

她帶了二十公斤左右的書，看完了就看小屋主人留下的舊書，她先從看得懂的語言開始，到最後連不懂的語言也閱讀。

他每天早晨就出去院子裡玩，院子大得像森林，如此溫暖常夏的氣候裡，樹木不只是樹木，從每棵樹的每個節眼和每個樹洞裡，都還能長出樹來。有時他坐在樹下久了點，覺得似乎樹木也快從自己的鼻孔和耳洞裡長出來。

有點可怕，又有點令人興奮的想法。

中飯經常被延後或遺忘，炎熱地方似乎讓人不怎麼需要中飯這件事。

他想知道這個地方其他的人到底幾點吃中飯，吃些什麼，於是跟蹤幫傭的婦人中午回家煮飯給家裡的孩子，他看著五個人圍在狹窄廚房裡一起吃著兩道菜的情景，和他與母親兩人隔著桌面各自吃自己盤裡的東西、需要傳遞什麼就按桌上的鈴叫傭人來處理，是完全不同的樣子。

某一個被延後的午飯桌上，午後的積雨雲已經開始聚集，光線減弱，母親比個手勢叫傭人打開餐室的燈，他看著雲聚集的速度估算著雨下來的時間，母親竟然開口了。

「今天早上，」母親低頭看著自己的叉子慢慢把盤裡的蔬菜排列整齊，「我在往池塘邊的路上，看見一個小孩在路邊抓蟲子。」

「那是考依。他幫我找瓢蟲做標本。」

「考依，那是他的名字？」

他有點開心，這是母親第一次對他度假時的日常生活感興趣，第一次意識到這不僅僅是一個人的度假，是母子兩人的度假。「其實那只是他的外號，考依是小男孩的意思，他眞正的名字是……」

「我只是想知道，」母親放下叉子，推開盤子，傭人馬上把盤子收下去，母親雙手交疊在桌上看著桌子另一頭的他：

「爲什麼，我會在**我們的**院子裡看見**別人**呢？」

他明白很多喜悅終究是不能分享的。即使是家人也一樣。

他經常還是準時回到屋內坐在桌前，等著幫傭忙完家裡的事回到這裡準備中飯，等著也許母親從書本後面抬起頭來看他一眼。

然後他就開始等待下雨。在那一切都不確信的年紀，只有下雨這件事是肯定的。

小孩子總是喜歡下雨天，直到他們長大，老是想出去找人戀愛的青春期，碰到下雨天便會膚淺地抱怨天氣妨礙約會。然後他們變成大人，說著討厭在雨中弄濕鞋子弄濕一邊肩膀地上班，所以痛恨雨天。

其實他們討厭的是工作本身和自己無趣的生活，只是歸咎到雨天，雨天既不會生氣，也不會反駁。

（只有我一直都沒有長大吧，還是那麼喜歡下雨。）

在電影裡看見各式各樣下雨的景色時，他都會想起她，想起她描述的各種不同的雨中景色。

有出太陽時候下的雨、有颱風來襲前的雨、有痛快地下的夜間暴雨、有極度憂鬱的冬日陰雨、還有連續一個月緩慢綿延的梅雨。

想到她就想到雨，想到雨就想到她。

今天氣象報告說不會下雨，但她出門去了街上，不知道她去哪了，但這就下起雷陣雨，可以確定她應該就在街上了。

他盯著雨回想一下自己的青春期，打了第二通電話給她，在這樣做之前他突然想到這樣會在飯店的帳單上留下紀錄，他的判斷是沒人會在意。

第二次還是進入語音信箱。

他決定留言，不自覺地用了很客套的語氣，說著自己今天意外地不需要工作的原因，現在是幾點，他在飯店裡，不知道你在哪，打個電話回飯店吧。

最後，他還報了自己的名字。

其實他們早就是可以只說「嘿，是我。」的關係。他知道，但是他又想保有距離。

他搞不懂自己的行爲。於是決定去游泳，當他混亂的時候、不想面對的時候、現在不想談的時候，他就去游泳。

最近幾個月他游泳的頻率愈來愈高了，頭髮剃短以後更是幾乎天天都去。

他寫下留言放在新鋪好的床上，這樣一眼就能看見。他好久沒有這樣做了，好像剛開始交往一般地試探彼此的距離感。

五星級飯店的招牌游泳俱樂部，裝飾成完全人工的南洋風情池畔酒吧，和不例外地繞著池邊來回的安全人員。在他們那壯闊胸膛的對比之下，池畔嬉鬧的白人家庭簡直不堪一擊。你永遠也看不出來那些安全人員的眼神，他們沉默的姿態，看見你刷卡進入在櫃台簽名時，甚至還會對你微笑問好。

他盡量避開玩水的孩子們自顧自地來回賣力游泳，盡量不去預期她也會跟著出現的池畔，盡量不去想要是她出現在池畔他們是否應該一同享用一杯熱帶雞尾酒，還是提防著可能也會出現的同事。

於是他想起十九歲南洋小屋裡的那隻三色貓。三色貓的花色混得極度完美，就像剛調好的焦糖瑪琪雅朵用吸管輕輕攪拌過兩下後的那樣協調卻充滿趣味。貓是從外面自己跑來住在屋子裡的，牠一點也不懂得討好人類，只有在餓的時候會亮出非常清澈的眼眸對你喵喵叫。

貓從來不會主動向你走來，特別當人對牠說來的時候，牠總是馬上轉身走開。但當你專注於別的事情的時候，牠便會安靜地靠近過來，在離你一公尺左右的踏腳墊上坐下。過了一會兒當牠確定你不會靠近也不在意牠的存在時，牠就舒服地躺下，半閉著眼睛看著你的動作。再過一會兒牠便放心地睡著。直到任何突然的腳步聲出現，牠會快速地切換到戒備姿態。

對貓來說，一公尺大約是最完美的距離。

其實牠也是怕寂寞的，但牠也需要適當的距離。

雖然沒講，但他看得出來，母親喜歡這隻貓，喜歡牠乖僻的個性、美麗的外表和務實的行爲。

無事的亞洲下午，和貓一起等待雷陣雨降臨，是他最美好的青春期回憶。

他躺在自己的竹蓆上，看著頂上的蚊帳，大雨即將降臨前首先風會靜止，蚊帳不再飄動，他想著喜歡的女生裸體的樣子，耐心等待雨水。

往旁邊看去，開著的門邊是貓的背影。貓的背影讓人平靜，因爲貓已經接受了你，不再把你當成天敵或是獵物，才會放心地背對著你。

想著貓的背影的時候，她早晨背對著他睡著的畫面浮現在眼前，他猛然抓著岸邊把頭拉出水面，鼻子進了水。

池邊的安全人員在他出水的瞬間掛上微笑問他：「害好嗎？先森。」

他看著那人的身影，背光讓他看起來更加高大，他後面有著整排的闊葉灌木和塑膠的矮小椰子樹。

「幫我找吧檯服務生過來，好嗎？」他忍耐著炫目的光線抬頭對那人說。「我想喝杯威士忌。」

「我克以幫你塡飲料。」那人腰際的棍棒碰觸到地面，就在他的眼前。「Jack Daniels加拼塊克以嗎？」

他有點喘，大概是游泳的關係，又或是那人奇妙腔調的關係，「Jack Daniels很好。」

他可以想像那人在背對他的時候收起笑容又做回一位保安人員的情景。

天還亮著，雨就下了起來，既然雲層不厚，想必也不會下得過癮。不太密集的雨點打在這溫室雨林的外殼上，人們交談的聲音自然地提高了三度。

穿深紅色制服的服務員把酒杯輕巧地放在池邊空著的躺椅旁。他的理想是把身體泡在水裡就這樣慢慢享用他的威士忌，必要的時候可以游一趟回來再繼續喝，不用煩惱要不要擦身體的事情。

畢竟只是妄想。就像一手扶著方向盤一手拿著酒杯這種愜意的景象現在只有在夢中才能出現，他看著兩公尺外固執地站在扶手杯架上的矮胖酒杯，只好放棄地爬出水面。

躺在這樣的椅子上讓他想起昨晚看見的大叔，在自家門前的人行道上半躺著乘涼，吃飽了肚子，隨自己高興放屁，用蒲扇把臭氣散布在路人之間。

比起像他這樣躺在特別規劃的消費性自由中，服侍你的人隨著你的表現隨時可以轉變爲制伏你的人，像大叔那樣在路過行人的目光下，理所當然地在自家門口赤膊放屁，那才是貨眞價實的心靈自由吧。

就在他暫且躺在這熱帶叢林風格的牢籠中，暫且享受心靈自由的時候，雨點開始落下，太陽還炙熱地掛在天頂，雨水在降落之前就開始蒸發，熱呼呼的夏天午後的陣雨，不太乾脆。

07 Afternoon Sex

下午的性愛，是塵封的假日回憶裡露出的一截線頭。

跟晚上睡覺的時候順便的那種完全不同，跟約好了時間走進房間蓋上棉被、拉起窗簾、按部就班地把衣服脫掉那種，完全不同。

不管是哪一種午後，晴朗的或是陰雨的，颳著風的或是烏雲密布雨要下不下的，那是假日才有的快樂與珍貴。

假日和假期是不一樣的。

假期，是個人決定休息的一整段或長或短的時間。假日，是某種原因送給你的休息日，比方說颱風，或是夏天，或是國家的生日。

「沒辦法，我也很想認眞地繼續工作，可是這是國定假日呢。別的機關也都沒上班啊，怎麼工作呢。」

「我知道報告deadline沒剩幾天了，可是颱風天呢，沒辦法去查資料啊。」這種心情。

假期裡，你會覺得有一點責任，要充實地玩、忙碌地做一些平常沒時間做的事，但是假日，卻可以悠閒地不做什麼。

到頭來，不做什麼的時候，卻能得到最大的滿足。因爲假期的快樂用的是扣分法；假日卻是加分法。

案例一：

大學畢業後的夏天。

你，和你那時親愛的他，和所有同學都明瞭：這不但是人生中最後一個暑假，也可能會是最長的暑假。

那一年，是景氣下滑到了谷底，待業的新鮮人數目達到高峰的一年。

歸功於他必修科必須補考，雖然因此暫時領不到畢業證書，但意外地得到好處，他可以佔著學生宿舍的床位直到夏天結束，你和其他規規矩矩全學分拿齊畢業的好孩子們，卻必須搬出自己的房間，馬上面對無業者尋屋的窘狀。

於是你順理成章地暫時一起住在他的宿舍裡，他也順理成章地把房租除以二分攤，你沒想到順理成章就進展到同居關係，如此隨便，一點也不浪漫。

總之先過完這個夏天再說。

第一個早上，你們在同一個房間裡醒來，這是兩人同繳一份房租後的第一個早晨，就這樣非正式地開始共同生活，兩人既沒有工作、也沒有錢。

一出門就得花錢，所以你們整天待在床上忙在一起，忙完就睡、睡完了再忙。直到晚上，你們都餓到不行的時候，就從冰箱裡挖出所有剩下的東西，做成奇怪的組合餐吃掉。一天只需要吃這一餐，然後你們各自待在電腦前上網直到凌晨。他既沒有準備補考的科目，你也連人力銀行網站都沒登錄。只是不斷地玩電腦遊戲、和朋友同學聊天，抱怨著景氣和沒有好工作而已。

就這樣過了三個星期，冰箱空了。連最後一點餅乾屑都吃淨，剩下的烤肉醬都被舔完了。

「沒有東西吃了。」男友說。

你躺在床上看著冰箱的方向。

「得去買菜了。」他又說。

「那就去買吧。」

於是你們起身穿上衣服，把錢包裡的零錢聚集起來，大約有兩百多塊零錢，放在口袋裡十分沉重。

你們一起去廉價超市，這是你們進入同居關係後第一次家庭式的購物，買的東西是最便宜的白麵條和肉醬罐頭，半打辣味的、半打原味的。

結完帳後，還剩下五十元左右。

「買啤酒吧。」男友說。

「可是，」你說，「我們沒有那個了。」

「哪個？」

「套子。」

但是五十元並不夠買一盒保險套。

所以你們還是買了啤酒，兩個人把超市的袋子放在腳邊，坐在雜貨店門口喝著啤酒。雜貨店的阿嬤面無表情地看著兩人，手裡搖著蒲扇。

「我知道了，去衛生所。」

但你們不知道衛生所在哪裡。

「那邊路口藥局，有在發。」身後雜貨店阿嬤突然開口。「都是同性戀的在拿，衛生所有補助。」

你們的臉都有點發紅，想要轉過頭去謝謝阿嬤，卻又有點惱怒，原來她都聽得見。

於是你們領到了一打爲減緩七夕後墮胎潮政策下補助發送的保險套，提著麵條和罐頭回到宿舍，帶著一點啤酒的微醉感，煮了點麵吃掉，忘記剛才買不起保險套的窘迫，繼續回到上床、睡覺、上床的規律，就這樣又過了幾天，幾星期。你們甚至還一起去了兩次海邊，他家裡寄了一點錢來，他幫機車加了油，你們就一路曬著炙熱的陽光騎車到海邊去閒晃，肚子餓起來時，到便利商店買泡麵，在裡面吹著冷氣吃麵。

夏天快要結束前，你們終於發現一件重要的事。

「我們是不是該開始找工作了。」你躺在床上說。

「這種時候根本不可能找到什麼好工作啊。」他閉著眼睛懶洋洋地回答，「你也知道的，同學大家都找不到啊。」

「那已經是兩個月前的事了，說不定他們現在都找到了。」

「你怎麼知道？」

「我只知道，如果我們都不開始找，那沒有工作也是應該的吧。」

他伸個懶腰，想要把你拉回床上。

「喂，你認真點。」

「我是認真的啊。」他說，「我對你從來都是認真的。」

「你現在得對工作也認真才行，」你說，「我們不可能一輩子都在宿舍裡吃麵然後上床，然後去拿免費的套子。」

「如果能永遠這樣多好啊。」

「不好，我一點也不希望永遠這樣。」你說完，推開他的手離開床鋪，打開電腦上網。

「怎麼樣，找到好工作了嗎？」

你沒有回答他。

你這時終於了解，你要找工作，是因爲你**必須**工作。理想的工作也許慢慢花時間總有一天會找到，但現在你必須搬離這個地方，否則學校也會把你踢出去。然後你接受了第一個願意用你的低起薪工作，因爲有工作了，也順利租到一間平價的分租雅房。

從天空變得特別高的秋天開始，你每天穿上像話的衣服，搭公車到辦公室去上班。在日復一日重複的平凡上班日中，你沒有再跟男友見面，也沒有接他打來的電話，久了以後，他也不再打了。你們的同居生活就在順理成章中展開，莫名草率地結束。但你很慶幸那個夏天，你曾盡情把所有的白天都耗在床上，盡情地浪費在青春的汗水和青春的性愛上。

以後不會再有那樣的順理成章，也不會有那樣的莫名草率。

而那樣的順理成章、莫名草率，正如同浪費的日間性愛一樣，是只有青春才能享有的特權，錯過就沒有了。

案例二：

那是一個星期天的近午。

原本想一路睡到下午的你，被簡訊吵醒，只好一邊唉聲嘆氣一邊準備東西到公司去和同事會合。

只有你和他必須到公司完成最後的工作，你跟他暗中交往了六個月，很有自信同事都還沒發現，因爲你們在公司連說話都僅限於公事。但是你們坐在空盪的會議室裡，窗外陽光灑落取代了燈光，安靜得連掉隻鉛筆的回音都會嚇到你的程度，你們兩人四目交投時，欲望卻莫名地湧上來。

你們都在心裡想，這樣是不對的，到底是從哪裡到哪裡不對，其實不是很清楚。員工手冊裡並沒有寫著不能發展感情，有些公司是有的，但這裡眞的沒有禁止。一直隱瞞到現在，不想讓人知道，也許是因爲害羞，也許是因爲怕麻煩，或是怕人道長短，或是想說也許不會長久，到時差不多了再說，諸如此類。但到後來，一直隱瞞的原因，單純地只是因爲，一開始就隱瞞了。

換個方向想，根本就沒有人知道，哪有什麼對不對呢？這樣想的時候，已經開始動作了，有些動作開始以後你就知道這不可能停，然後就這樣發生了。

多年以後無論你們早已因爲一些莫名的理由而無疾而終，兩人各自和其他的對象交往，順利地結婚，彼此擁有著各不知情的平淡幸福。

只是有時候，在送孩子去公園踢足球的星期天早晨，你坐在場邊，滿足地看著遠方尖叫大笑著嬉戲的孩子們，突然就想起那個除了對方誰也不知道的星期天。

無論過了多久，回想起來，都還是覺得，那眞是美好的一天。

而那一天，在這個世界上，只有你們兩個人知道。

共同的祕密，無法讓愛情永恆。

但卻可以讓愛情的回憶一直不斷被想起。

舉例完畢。

她走出地鐵站，流了那麼多汗，才混到下午三點，她深入人群的計畫，因爲過於炎熱的天氣，和過於廣闊的城市，而在第一天半途而廢。

她帶著昏沉的腦袋和身體，進入飯店搭上東側電梯，出了電梯，繞過走廊邊放著的清掃推車，制服白得刺眼的服務生從車後站起來，她嚇了一跳。

「您好。」服務生字正腔圓地說著。

「你好。」她心怦怦跳著。沿著走廊往房間走去，她想著身後的服務生是不是在背後打量著她。

（我在害怕嗎？）

開什麼玩笑，我怕什麼。

她快速地把鑰匙卡插進孔槽，用力轉動門把，走進房間。空的。

凌亂的床已經鋪過，浴室放上新的肥皂，一切如新。空的。

床上留了字條，他說在游泳池。

原來已經回來了，早知道就不要硬在外面待了。

她考慮著要不要也換泳衣去游泳池。

他邀請她的時候，寄了飯店的泳池照片給她，說，別忘了帶比基尼。

她換上比基尼，坐在床邊低頭想著。池畔的美好景象，眞的會那麼美好嗎？她意識到現實的冷酷，兩人一起躺在池邊曬太陽喝飲料的情景，是不可能在這間眾人出入的飯店發生的，何況飯店的費用記在他客戶的名下，什麼東西都成雙地出現在帳上，這是把客戶當白癡的行爲。

（那麼我要自己走到泳池邊，自己假裝熱愛運動地穿著觀賞用的比基尼來回游著自由式嗎？那跟我的人生有什麼關係，有什麼用處？）

她一直維持那樣坐著，直到他帶著運動完沖了涼的舒爽走進房間。

「你已經回來了？」他一邊進門一邊開心地說：「這游泳池眞棒。」

「嗯。」

「我游了二十趟，感覺眞好，很滿意。」

「嗯。」

「怎麼了？」他問。

「我到街上去，」她咬著指甲，「卻不知道要去哪裡，這麼大的城市，每條路的名字我都知道，卻不知道要去哪裡。我到小飯館坐下來，每個字我都看得懂，卻不知道什麼好吃。這裡有這麼多人，我卻不知道要找誰出來，要跟他們說些什麼……我走了好久，卻才走了幾個路口，熱得受不了，找個學生問問地鐵站在哪裡，他們開口卻跟我講英文。」

「所以你就回來了，來找我嗎？」

「嗯，」她努力從沮喪的心情重新開心起來：「才換好泳衣，你就回來了。」

「我了解了。」

他並不會爲已經換好泳衣的她稍微講些好聽的話，比方說，那我陪你再游一會。即使知道她一定會說不用了，你都洗過澡了，但他還是連表面話都不會說。

（他的個性就是這樣，我早就知道了。）

但還是會盼望他說些好聽的話。有時候。特別是你已經穿著比基尼坐在乾燥的沙發上窘迫許久以後。

她又開始沮喪起來。那又怎樣，反正他什麼好話都不會講，也不在意你的心情。

「嘿，看著我。」他在她面前蹲下來，握著她的手說。

「你知道嗎？我的通行證要到後天才會好。你知道那是什麼意思嗎？」

「你明天不用工作。」

「對，」他摸著她的頭髮，「所以不要傷心了，明天我們就當兩個鄉巴佬進京城。」

「一起去觀光？」

「嗯，所以，開心點。現在，darling，」他說，「告訴我你想做什麼？」

「我想去喝咖啡。」

「你要這樣子跟我出去喝咖啡嗎？」他問，「那我可很有面子。」

她苦澀地笑了：「我要脫下來了。」

「在這裡脫吧，我看著。」他說。他深深呼吸一口，有一個大呵欠那麼長的呼吸，然後安適的微笑便自然地出現，「你在趕時間嗎？」

（不，我一點都不趕時間。）

當他放鬆的時候，就像貓睡著一樣那麼令人放心。因爲貓是那麼敏銳又反應激烈的動物，如果連貓都睡著的時候，那一定是眞正令人放心的時候。所以如果連他都放心下來微笑，這一定是一個什麼都不用擔心的美好下午。

「Afternoon sex，」她說了第一句話，「總是感覺像美好的假日。」

「我們的確是在美好的假期中啊。」

「嗯，但是假期不是假日。」

「是不一樣。」他說。

一對帶著期待、情緒高張的遊客正在嬉鬧中笨拙地打開隔壁的房門。

他用手滑過她被汗水濕潤的小腿，陽光照在身上亮晶晶的。

「先不要去沖澡好嗎？」他把頭枕在她流了汗的大腿上，「就這樣待著一會。」

她嗯了一聲，從半閉的眼睛下看著他睜著眼睛出了神。「要開冷氣嗎？」

「不用，我不喜歡冷氣。」他說，「除非你眞的很想要吹冷氣。」

「沒關係，我是南方人。」腿有點麻，她調整一下位置，把他的頭放到另一隻腳上。

「我喜歡流汗。」

「你喜歡流汗？」他挑著眉笑。

「對，」她合作地回應著，她有的時候也願意當個合作的女人，「我喜歡流汗。」

他們不趕時間，就這樣一起躺著，各自陷入自己掛心的事物中。

隔壁房的戀人把電視音量開大，他們相信五星級飯店隔音的水準，只能怪他們過度安靜，才會被迫與別的戀人分享生活點滴。

即使這樣他們還是選擇不當一對進入房間就打開電視的戀人。

因爲這個假期是不一樣的。

他們盡情擔憂過各自的顧忌之後，又再度盡情享受兩人在下午的房間裡共處的時間。

這一次結束後，像算準似地在三十秒內電話激動地大響起來。

如果他們在床上，一定會被震到地毯上去。

但他們已經在地毯上了。

他鎮定地接起電話，沒說任何話就掛回機座上。

「他們怎麼知道？」她問。

「知道什麼？」

「Timing…」

「是啊，要是再早個幾秒……還眞嚇人。」

「講了什麼？」

「飯店，說明天早上洗窗子。」

「洗窗子爲什麼要通知？」

「要記得拉上窗簾。」他嘿嘿笑著說。

「哦……你大概不介意吧。」她故意說。

「你知道我介意什麼嗎？」

她搖頭。

他握著她的左腳板，順著往上伸進她金屬腳鍊和皮膚之間，握住她的腳踝。

「你的武器，可以撤除了嗎？」

「這不是武器……」她這麼說的時候，他指著大腿外側上的割傷，「哦……對不起。」

她有點懊惱地拿下腳上的首飾。一邊回想著自己戴上這個新買的東西之後，會不會有別的受害者，但她卻不知道。

「你知道，還有一件事你可能介意。」她突然說。

「有嗎？」他喝掉一半瓶裝水，點起一支菸給她，自己再點另外一支。

「時間，」她接過菸，越過他去拿起剩下半瓶水，「是不是有點急躁，我們，因爲以前都很匆忙……」

「我—們—現—在—有—很—多—時—間—了。」他刻意慢慢地說。

「嗯。」

他安靜下來，看著窗外，明天那十四樓的高空會有人經過。

「不會，」他開口說，「我沒感覺到你很急躁，你覺得我急躁嗎？」

「不會。」她笑了。

「我們下次該去西班牙。」他突然說。

「爲什麼？」她摸著他的眉毛問，「順便找你其他的女朋友嗎？」

「因爲有Siesta。」

「有Siesta。」

「有了Siesta，我們就可以一直享受假期的感覺。」

「嘿，Siesta只是午休，包括吃午飯的時間，可不是放假。」

「我當然知道，但是你以爲眞的大家都在吃飯嗎，你以爲說我要小睡一下的那些人，他們眞的都在睡覺嗎？」

「那……他們在做什麼呢？」她低頭與他相視，「告訴我吧。」

「我們剛才做了什麼？」他抬起上身，慢慢地靠近她。

「嗯……做了什麼呢？」她歪著頭，看著窗外陽光透過沙塵依然亮得刺眼。

他親吻她的臉，然後往下。

「你在趕時間嗎，要去哪裡？」她笑著問。

「不，我一點都不趕時間。」他平靜地說。

08

晚餐

他倆流著汗，凝視著對方。房間的電話又響了起來，好像他倆的心跳還不夠快似的。

「Good timing.」她嘆口氣說。

「竊聽器到底在哪裡？」他拍拍她的腿，讓她把身體從他身上移開，好去接電話。

電話講得很安靜，他盡量用簡短的話回覆，以免自己還沒靜下來的呼吸被聽見。

他輕輕掛上電話。

「你得出門了是嗎？」她躺在床單下伸出腿來抵著他的腰。

天色已經黑了，飯店外牆閃爍的燈光照著他的輪廓。

「我以為你要帶我去浪漫的地方共進晚餐。」

他捏著她的腳掌，笑了起來。

「是嗎?那你得穿上漂亮洋裝才行。」

「我沒有帶洋裝來。」她悶悶地說,「也沒有高跟鞋。」

「爲什麼不帶呢。」

他綁緊鞋帶直起身子,她維持原來的姿勢從床上看著他。

「慢走。」她刻意散慢地說。

原本已經要開門,他只好折回房裡。

「別那麼在意。」他蹲在床邊摸著她的頭,「我是開玩笑的。你知道客戶請吃飯,我得去。」

「我知道,他們就愛請吃飯。」

「我們的假期是他們給的。」他說,「你早上不是說了。」

她彆扭地把床單拉高蓋住臉。

「這也是工作。」

「不是也是工作,是你一整天做的唯一工作,就是去吃飯。」

她在床單底下笑,不肯露出臉。他放棄地再度走向門口。

「知道他們要請你吃什麼嗎?」她突然露出臉,坐起身來問道。

他只好又回頭。

「親愛的,」他說,「這樣下去我要遲到了。」

「我知道，他們都在樓下等你，等不及了就會上來找你，然後就會發現我在這裡。」

「才不會。」他平和地說，「他們會打電話催我，或是先走一步。」

「那，」她坐直身子，怕他又馬上要開門，「你說嘛，他們要帶你去哪裡？」

「聽說要吃北京鴨呢。」

「是烤鴨吧。」

「就是有名的那個。」他耐心地說，「我得出發了。」

「那，」她又把身子往外伸長了一點，看他又沒辦法地轉過身。「你知道嗎？他們把鴨蛋泡在酒和尿裡，讓裡面的小鴨子膨脹，才會變得那麼大，還鹹鹹的。」

「我不相信你說的鬼話。」他說，「你總是想漂漂亮亮地騙人。」

「嘿，最後一個問題，拜託。」

他無奈地笑著，靠在一直無法順利打開的門板上，等她把話說完。

她看著他配合的樣子，滿足地微笑著，慢慢地問道：「是洋人們都去的那一家對吧？」

他抬抬眉毛，不置可否地說：「客戶是美國人，應該就是那樣的吧。」

她滿意地躺回床單下面，「好啦，你可以出門了。Bye。」

他思索了兩秒，拿起桌上有著飯店圖案的便條紙和筆，在上面寫起來。

她起身看著他的動作：「寫什麼？」

「如果你想去游泳，點客房服務什麼的，簽我的名字，你看，很簡單。」他把紙條放到她的手上。「會簽嗎？」

看著她用手指模擬著簽字，他笑了一下，轉身做出輕鬆的樣子拉開門。

「晚點見。」

碰地一聲門自動鎖上。飯店的房門總是這麼響。

他把頭靠著關上的門板，思索了一會。不管是爲了什麼如此心神不寧，都該要放下，因爲根本沒事。

他昨天做了個可笑的噩夢，他夢見兩人在飯店裡赤裸地被衣衫筆挺的服務員逮個正著，要把他們交給也是衣衫筆挺的公安處置。

天似乎一瞬間就暗了下來，他看著門下的縫隙，她好像不急著開燈。黑暗的時候，是不是比較容易聽見眞正的心情。

沒什麼好恐慌的，都是自己的想像。看看四周這些人，他們的衣袖比你的還白，他們滿心只想著要發達，沒有人在乎你愛著誰，又跟誰在一起。

他等心跳慢下來，重整心情，一轉身，白色制服的服務員安靜乖巧地站在三步遠的地方。

「需要幫忙嗎？先生。」

「不用。」

服務員敬個禮快步離去沒幾秒就無聲地消失在走廊的盡頭。

他坐上等在門口接他的自用車時，心裡一直在想著最後看到她的樣子。

「你怎麼了？」丹尼問。

「什麼怎麼了。」爲了掩飾他抽出香菸。

「嘿，車上禁菸。」開車的白人男性從後照鏡裡看著他說，「這可不是計程車啊。」

「抱歉。」他把菸收起來，並接受同事責備的眼神。

車上了外環公路，陷入擁擠的車陣裡，反而讓他鎭定了下來。

他看著滿路不耐煩的臉孔，猜想她自己一個人在房間裡會做的事情。

她會光著腳在地毯上來回走動，她會打開他放在桌上的筆記型電腦試著上網，她有幾封e-mail要處理，她會想，在那之前，先洗個澡。

雖然早上已經洗過了，不過我想再洗一次，反正這是假期。她是這樣想的。

她會爲所欲爲地把淋浴間的門打開，讓水花灑得到處都是，把浴缸放滿熱水，再放進整塊肥皀，看能有多少泡沫。泡澡出了汗，她就爬起來坐在床邊，把電視打開看衛星頻道，毫不在意身上的水珠弄濕地毯，點起菸在床上抽，想著不知哪件心事。

她在家從來不會這樣，但是，反正這是假期。

冷氣吹在身上覺得有點冷，她穿上浴袍，坐在窗邊看著不太密集的燈火，沿著街道亮著的路燈，勾畫出筆直的線條和一個個完美的直角。她從來沒有住過這樣完美的城市。

如果她覺得有點感傷，那應該是因爲距離的阻隔一旦消除之後，經常出現的奇異的疏離感。當距離不再是問題以後，不知所措的心情，要怎麼形容呢，最接近的感覺，應該是，時差，jet lag。當你曾經擁有某件東西，但後來不再擁有，卻以爲自己還擁有的那一瞬間，就是jet lag。

她從一個同時區內的地點來到這裡，卻感受到jet lag，你就知道她來自一個多麼奇特的地點。

他除了客戶配給他的當地門號手機以外，什麼也沒帶。（既然你說一切有你，丹尼，我就一切靠你吧。）他把一切隨身物品和她一起留在房間裡，皮夾、筆記本、自己的手機、相機，全部都留在她的身邊。還有才剛完成的劇本，整疊紙本就放在桌上。

（是，我是故意的。我希望她能多了解我一點。）

（這樣也許我也能多了解她一點。）

（她可以盡量看筆記本上寫的每一個字，畫的每一張速寫，我一天天的經歷和心情。可以盡情看我手機裡的每一封簡訊，每一個電話號碼，每一張照片，有朋友、有女兒、有凌亂的辦公室、有夜歸途中的街景。我對她不需要隱瞞任何事情。）

（我沒有祕密。即使身邊的人都覺得我難以理解，但那只因爲我追求的是別人不能理解的事情而已。我是沒有任何事情需要隱瞞的。）

（我總覺得她從一開始就了解這件事。所以即使她其他所有關於我的事情都一無所知，她還是什麼都知道，什麼都能了解。）

（也有可能，她只是單純地，什麼也不在乎。）

他們終於突破車潮，超前了擠在電公車上熱得冒汗的普通百姓，來到了裝修得金碧輝煌的餐廳，經過一隻隻風乾無語被倒吊著的美味鴨子，走進樓上的包廂席。穿著旗袍的女孩馬上倒上清香的濃茶。

但他只想喝冰水，加了許多冰塊的冰水。

不知爲何，總覺得她的聲音還在耳邊繚繞。

一定是幻覺。

請客的地主，是微胖的中年美國人W先生，喜歡美式足球和啤酒的那種。他有著無害的微笑，紅通通的臉頰，出生在阿肯色州，被公司高薪外派到這裡三年多，說他的胃已經完全本土化。

所以就讓地主忙著點菜，他順著無法抑止的好奇心聽著外面人聲鼎沸的世界，杯盤碰撞敲得叮噹響，充滿活力與對吃的熱情。就算在天花板這麼高，到處雕龍畫鳳的昂貴餐廳，也能這樣完全展現。

小時候母親總是說吃飯餐具不能碰撞，不能發出嚼食的聲音，好像吃東西並不快樂一樣。

餐桌禮儀又不能吃，能吃的時候應該開懷地吃，他是這樣想的。他也想像樓下眾人雜處的大飯廳裡的人一樣大口吃飯、大聲講話。

前菜上來了，鴨子跟著送到，秉持著專業意識的師傅，帶著手套在他們面前片下鴨肉，眾人一板一眼地跟著W先生把鴨肉放在餅皮上，配上刺鼻的蔥和黑色的醬汁，像參加皇室婚禮般地小心咬下第一口。

「哇，這蔬菜味道好怪！」丹尼小聲地說著，想辦法要把蔥段從餅皮中抽出來。「你試過這種味道嗎？」

「不過就是青蔥嘛！」他輕描淡寫地說。

他從來沒有吃過這麼美味的鴨肉，他吃完一塊包著餅皮的，又吃了一片不加醬料的鴨肉。人家說你吃到美味食物時第一個想到的人，不是你媽，就是你愛的人。他覺得這不一定準，但他剛才的確想到了母親。

不知道她有沒有吃過這麼好吃的東西。對她來說，雖不至於是家常便飯，但畢竟她是拿筷子吃飯長大的，應該知道這種味道有多好。

才這樣想，她的聲音又出現了。她講的不是英文，所以有點無法確定，但是，那聲音笑了起來。是她沒錯。我一定是中暑了，他想。

有著小煙囪的火鍋端上桌，他覺得自己的幻覺這下都有原因了。

「這是名菜，雖然季節是很不恰當……」W先生說著，「這裡的名菜都是適合冬天吃的，偏偏這個月來的遊客最多……冷氣開得夠冷嗎？你們覺得？我叫他們再調強一點？」

服務員被叫過來，把冷氣加強，他覺得頭痛了。這樣的享受有一種非現實的快感，還可能對敏感的鼻腔和腸胃都造成影響。他望著小煙囪往上噴著蒸汽，鮮紅的肉片在滾燙的湯裡搖晃幾下捲曲起來變成白色，沾上充滿蒜味的醬油，讓他想起冬天美好的回憶。

在酷暑的夜晚，在東方的城市裡，幾個白種男人一起吃著禦寒的名菜，這個世界眞是瘋狂。而他們還只能算是最溫和的那種。

酒來了，因爲眞正的本地酒烈得可以點火，所以他們決定喝回德國甜白酒。他配著肉喝了酒，心情似乎眞的回到某個冬天，那個他希望雪下得愈大愈好，飛機可以不用升空的一個早上，冷得鼻腔和喉嚨都刺痛的一個二月的早上。

隔壁包廂的男人講話聲變快又變高，大概一樣正在喝酒。

「隔壁是幾人座的包廂？」W先生問正要開門離去服務生，「好像沒幾個人？」

「隔壁有四間是兩人到四人用的包廂，情侶用，或是來談事情。」

「約會吃這麼豪華，我看必定是很不得了的關係。」W先生翻譯給客人們聽，加上了這句註解。

丹尼給了他一個眼神，一起經歷過許許多多的客戶餐桌，他們之間多少也發展出了一些暗語。

（這瘋子在說些什麼啊？）那個眼神的意思是這樣。

他不在乎。這個人是不是瘋子，在說些什麼，對現在的他來說，都不重要。

他想起自己所喜歡的電影情節，被逼到死胡同的男主角，除了自己一個人去見下令追殺他的大哥以外，沒有別的路走。那個像歌舞伎町的金城武一樣高瘦俊美的男人，暫且就叫他Lee Ken——李健。

李健的臉長得再俊俏也遮掩不了不祥的命運在他身上染的顏色。

被門口的大個子搜身搜了個乾淨，他任由四周的爪牙嘲笑他，教訓他，朝著他丟瓜子殼。他的心已經死了，他知道自己就要死了。到這裡來只是期待能夠死得好一點。

大哥坐在大位上，桌上的鍋子湯水滾燙，大哥叫助手們出去，抬了下巴叫李健隔著圓桌坐下。在他面前放下一只茶杯，提起青瓷茶壺，給他倒了一杯熱茶。

「外面熱，喝點退火的茶。」大哥說。

這小包廂裡的桌子不大，隨著湯滾，鍋子邊緣濺灑出來的熱水，都幾乎要打到他們兩人的臉。

「現在這裡只有你跟我，」大哥沉穩地說著，「我們之間只隔著一張小桌和一口鍋，我知道你正在盤算著，要是把這口鍋給打到我的臉上，會不會你就有一條活路。」

大哥的眼光從他深陷的小眼縫裡刺痛人地盯著他瞧，被這樣發疼地盯著，他已死的心，突然又活了起來。

Bang! 門從外面被一把拉開，沒什麼，只不過是送菜的服務生，但是李健這一生最後的機會，他剛剛已經錯過了。

服務生推著車把火爐送走，包廂門就暫時那樣開著，隔壁包廂有人走出來站在走廊上接手機，下意識地往他那看了一眼。

原來不是幻覺。

看見他可憐地在話題用盡的已婚男人堆中，用筷子玩著火鍋料的殘渣，走廊上的女孩把電話拿開耳邊，綻放了兩秒憐惜的微笑，然後回到她神祕的飯局和電話對談上。她前後搖曳著手上的包，踩著高跟鞋，就那樣邊講話邊晃地走向樓梯，他看著已經看過很多次的背影，不知道該怎麼想。

「盯著女孩子發呆。」W先生說道，「我剛來的時候也是這樣，不過你要小心，很多美麗的女孩都是陷阱。」

「在哪個地方不是這樣？」他笑著回答。

「那女的不是本地人，不知道何時又會消失無蹤的。」W先生說著，「等會帶你去好地方喝酒。有很多好女孩。」

「嘿，W先生，」丹尼喝了些酒，終於放下緊繃心情加入對話，「他可是什麼都有了。什麼好女孩，他已經有兩個最棒的了。」

「什麼都有了？」坐在他旁邊的白髮老先生突然開口說話，嚇了他一跳。

那老人一直沉默微笑地看著他們用餐，因爲沒有多做介紹，只知道是當地非常資深的有力人士，其餘連國籍都一概不知，他甚至懷疑老人根本是個本地人，不懂外語。因爲當人老了頭髮花白，他就只是個單純的老人，種族背景並不是那麼容易分辨。

「眞的是什麼都有了，別看他這樣，他是個好丈夫，好爸爸呢。所有的休閒時間都給了老婆女兒。」

「眞棒。」W先生讚嘆，「我太太根本不想生小孩呢。她老是說，再過幾年，等我們調回美國再說。」

「女兒幾歲？」

「還小。四歲。」

「那眞是最可愛的年紀了。」老先生充滿深沉意味的皺紋溫柔地起伏著，「在她變成一個女人以前。」

「好了，先生，別嚇唬人了。」W先生哈哈笑著圓場，「先生的女兒可是超級名模呢。」

然後桌面上的對話焦點順利轉移到討論著雜誌上的美麗臉孔的，形而上的層面。

「眞的不跟我們去喝酒？看看也好？」散會時，W先生又問了一次。

他推辭了。因爲只剩下兩個工作天，他得好好睡一覺儲備精力。

回飯店的計程車在巷道間繞來繞去，最後終於上了寬闊的街道，看得見一個個的藍色立方帳篷點著燈。公車困難地在車潮中轉彎，偶爾幾部墨黑的公務車殺出車潮飛快地通過專用車道。

他才到這個城市不滿二十四小時，已經有一種急著回家的感覺。他的家不是隔著海洋那個有人爲他燒飯的公寓，而是那個門前插著萬國旗的閃亮飯店高樓。

他草草應付了丹尼，看著他從七樓出了電梯，回到那屬於丹尼的禁菸樓層。他直上十七樓，帶著酒意走過長廊，看清楚門牌上的房間號碼，就像他之前離開這個房間的樣子一樣，把耳朵貼上門板，裡面有聲音，幾個男人用英文交談著案情進展的對話。

他把鑰匙卡抽出感應區，轉開門，從門口看見床尾女人的雙腳，在微弱燈光中映照著電視的彩色。

他走過床與電視機之間，走近床頭，她手上拿著眼鏡睡著，好像從他離去就沒有動過的那種安穩。

所以還是幻覺。他想敲自己的腦袋，看到底是哪裡有問題。

「回來了?」她醒來，瞇著眼睛看他。

「在看什麼?」他問。

「嗯……」她慵懶地說，「我也不知道。」

他們一起望向電視機，不管到哪裡，無遠弗屆的，HBO。

09 Echo Station

他們說這個穿著白色防護衣的男人，是來服務他的。但是ＡＫ一點都不這樣覺得。

ＡＫ忍不住要去看著桌上的那個長型有拉鍊的袋子，那長度，正好是一個成年男人身高的長度。ＡＫ認識一個男的，就是這個高度。

「現在，爲了確定你的身心狀態穩定，我會問您一些簡短的問題，請您好好回答。」防護衣說著，「這是爲了您好。」

「袋子裡面有什麼？」

「請您聽我說的話。」

「像是什麼問題？」

「非常簡單的問題。」防護衣說，「這是爲了您好，畢竟您已經旅行了一百年了。」

「我睡眠非常充足，沒有問題。」

「是的，我們全體都期待您的抵達，但是首先，我得完成我的工作。」

「審問我？」

「診斷您。」

ＡＫ又看了一遍那個袋子，靠近他的那頭比較圓，另一頭比較窄，就像人的頭與腳一樣。

「那麼，」他看著不知名的遠方說著，「你就問吧。」

「當我說出一種情緒狀態，請用一到五表示您現在的感受，一表示最輕微，五是最強烈。」

「沒有零嗎？」

「一到五。」

他略帶嘲弄地對著這個防護衣笑著。不過太過複雜的表情這個防護衣根本就不了解，對他這簡單的新品種來說，笑就只是高興，怒就是罵人，傷心只能哭泣。當嘲弄不被接收方理解，也就失去任何意義了。

「好吧，來。」

「恐懼。」

他思考了一下。

「恐懼。」
「二。」
「悲傷。」
「一。」
「生氣。」
「一。」
「好奇。」
「三。」
「不舒服。」
「二。」
「焦慮。」
「二。」
「失落。」
「嗯……」
「失……」

「一。」
「憤怒。」
「一……吧。」
「苦情。」
「三。」
「諒解。」
「這是重複的嗎？」
防護衣在本子上記錄。
「諒解。」
「……四。」
「忽視。」
AK思索著。
「忽視。」
「一。」
「好現在，請起立。」
在回聲工廠裡面，所有的牆都透明得幾乎像不存在似的，沒有階梯，乘坐著光束輸送帶，可以帶你到達任何房間。

但牆確實是存在著。

也並不是每一個房間，都有你的容身之處。

AK乘坐著輸送帶，並不知道確切的目的地，他只知道只要輸送帶停下來，他面對的就是屬於他的房間。那是回聲工廠爲他這個旅人準備的房間，即使不知道他何時會來，也不知道他要待多久，甚至不知道他到底會不會出現，回聲工廠永遠準備好迎接他。

因爲回聲工廠存在的意義，就是等待他的到來。

輸送帶把他帶到透明的門前，雖然是透明潔淨得幾乎看不見，但他知道門是存在的。因爲沒有門，房間就不是房間。

當然不會有門把，他試著伸手觸碰門板，聽見細微的偵測音，門就開了，正確地說，是消失了，因爲他必須進去。

他往前走踩進房間的領域，他知道因爲他已經走進房間，所以門又恢復了存在，而輸送帶已經完成了使命，就此消失在身後，他莫名地擔心了起來，無論如何，來路消失了，總是不太樂觀。

「怎麼會呢？」女人說著，「你才剛到，又不需要離開。」

「但我在想要是我得離開的時候，如果輸送帶不出現呢？」

「當你得離開的時候，自然就會存在了。」女人從光線的薄霧中走出。「爲什麼你會想要你現在根本不需要的東西呢？」

刺眼的光線淡去，他看著眼前的房間，感覺進入了不同的時空，眞要計算的話，他想，可能接近一百年以前。

正好是他進入冬眠狀態進行這趟長途飛行的時間。

一切的擺設都如此陳舊，讓人無法否定物品的存在。讀書椅上擺著打開的書，木製扶手的邊緣因重複摩擦而變得光亮。梳妝台上放著扁梳，牆上的鐘繼續走著，但時刻已經沒有意義。頂燈的黃熱燈泡放射出的光源很穩定，但似乎有點勉強。

拉上的墨綠色窗簾吸滿了長久無人居住的濕氣。床上整齊地鋪著白色床單，一點皺摺也沒有，枕頭似乎曾經消沉，又被好好地拍鬆。

「我知道，這沒道理。但是，」他看著女人的腳趾，趾甲縫潔淨而完美，踩著佈滿污漬的褪色地毯，「人類總是莫名地會擔心未來的事。」

「有多未來？一年、一百年，還是一光年？」

「光年不是時間單位。」

「我知道。」她毫不在乎地說，「我只是想到你的工作性質。」

他有點不自在，喉嚨不知爲何發緊。

「只要，呃……只要還有未來。一分鐘以後的事情，還是有人會擔心的。人就是這樣的。」

「我就不會。」

「爲什麼？」

「因爲我不一定需要離開這裡啊。」

他想了一下：「你說的對。」

「我知道。」女人併攏膝蓋向右扭轉，側身蹲下，爲他脫下皮鞋。「這是我的工作啊。」

他低頭俯視著女人輕巧的動作。

「你的工作，是幫我脫鞋，還是說對的話。」

「給你需要的東西。」女人抬頭說，「脫鞋、說對的話、或是愛。你需要的，都可以。」

「我需要愛。」

女人把鞋子放進透明的收納櫃裡，然後鞋子就消失在房間裡。她站起身。

「那我就給你愛。」她輕鬆地笑起來。

女人的輕鬆讓他緊張。

「歡迎回來。」女人說。

但他根本沒有來過這裡。

這充滿回憶的房間，存放的並不是他的回憶。

但是他已全盤接受了。

「你也是他們的人吧。」

「他們是誰？」

「他們，我的相反，只要不是我，就是他們。」

「但是我不是他們，我就在你的面前。我是『你』。」

「但是你也跟他們一樣的想法吧？」

「我怎麼想？」

「我殺了我的同仁。」他吞一口口水，這句話從自己口中說出，就像胃液逆流湧上一樣，令人痛苦，他隱忍著背痛坐在床沿，「這一切，都是爲了調查我而做的。」

「您怎麼會這樣想呢？」女人既不焦急，也不敷衍地直視著他的眼睛。

「這一切，都是爲了歡迎你啊。你在旅行中睡了一百年，我們也等了你一百年。你終於來了，我們高興都來不及，怎麼會是在調查你呢？」

他回看著女人的眼睛，那深邃的藍黑色瞳孔藏著什麼，也許很多，也許什麼也沒有。她真誠磊落的話語到底是事實還是極度真心的演技，他根本無從分辨。

「這一切，都是？」

「一切的一切，這房間、這塔樓、這個工廠、每一個人，這一百年來都在等你到達。」

「你也是？」

「特別是我。」她微笑了。

「但你們原本期待的，是兩個從沉睡中醒來的使者。」他閉上眼睛，屍體放在袋子裡的形狀就活生生地浮現眼前，他又睜開眼睛。「你們沒想到只有一個人醒過來。」

「我服務的是您，別人的事情我不知道。」

「你不知道？」他嘲諷地笑起來，「那你剛還勸說得那麼有理？」

她有點委屈地低頭看著自己的手指。不能心軟，他心想，萬一那只是演技呢？他會被定下莫須有的罪名，一個人承受著失去隊友的傷痛和恥辱，孤獨地飄盪在星球之間。

「那麼，」她無辜地抬起頭，用那種神情看著他，那種好像兩人已經共度了好幾個星球的好幾百年一樣，充滿回憶和情人正當煩憂的眼神。「副艦長，真的和你無關？」

「我沒必要回答你。」他說，「而且你說過沒人在調查我。」

她沒有搭腔，一直維持著憂煩而美麗的樣子。

他開口，話似乎有點難以脫口，他必須更加努力一點把話推出嘴邊：「不是我害死的。」

「你看起來不太確定。」

「哪裡看起來不確定？」

「你的眼睛，」她說，「你講到他的時候，眼睛就眨個不停。」

「眼睛。」他閉上眼睛，這裡的白光太密集炫目，他的眼睛已經達到疲乏的界線。

「這裡光線太強。我的眼睛累了。」

「會嗎？」她稍微放下煩憂的神情，四下環視著各種光源。

「你忘了？我睡了一百年才來到這裡，我不習慣光線。」

「說的是。我怎麼忘了。」她笑起來，從地上站起身，她的裙角那麼接近地面，他幾乎要擔心她會絆倒，但她就那樣踢著裙角輕巧地走到鏡子前，把燈光轉弱。

「好點了嗎？」

「好多了。」

「現在，」她重新跪坐在他的腳邊，「說一點故事給我聽，過去一百年裡面的任何一個故事。」

這是AK來到回聲工廠後的第一天，但感覺好像已經過了很久。有一輩子那麼久。時間的長短是相對的，對時間的感覺，是不能計量的。

他知道自己在工廠的停留比任何人期望的都還要短暫。原本的計畫是，他和同行的旅人只會在此地停留地面時間的三天，然後又要踏上另一個漫長但他們不會對那漫長有所知覺的旅程。

而他身邊的旅人，已經裝進了特製的隔離袋中，他盼望著旅程不要因此而有所變動，但他同時明確感受到自己的內心開始變得複雜。

他想像著兩天之後離開回聲工廠的那一刻，湧上心頭的不捨和感傷，後悔沒有在有限的時間內更了解那個女人一點，後悔自己浪費在猶豫和鬱悶的每一分鐘，後悔沒有任何行動，沒有改變計畫內的任何環節。

他在還有時間的現在，期待著時間用盡的那一刻的悔恨心情。

這是他在沉睡一百年的旅行之後落地的第一個二十四小時內就形成的心情。比許多人一輩子體驗到的都還要深刻，也比他過去一百年來感受過的都要複雜。

當然在這個比喻裡面，一輩子的意思只是一種對時間的感覺，不是計算的單位。而一百年是確切的計算數值，卻沒有人感覺得到。

他愛上這個女人。但他根本還不認識她。

第二夜

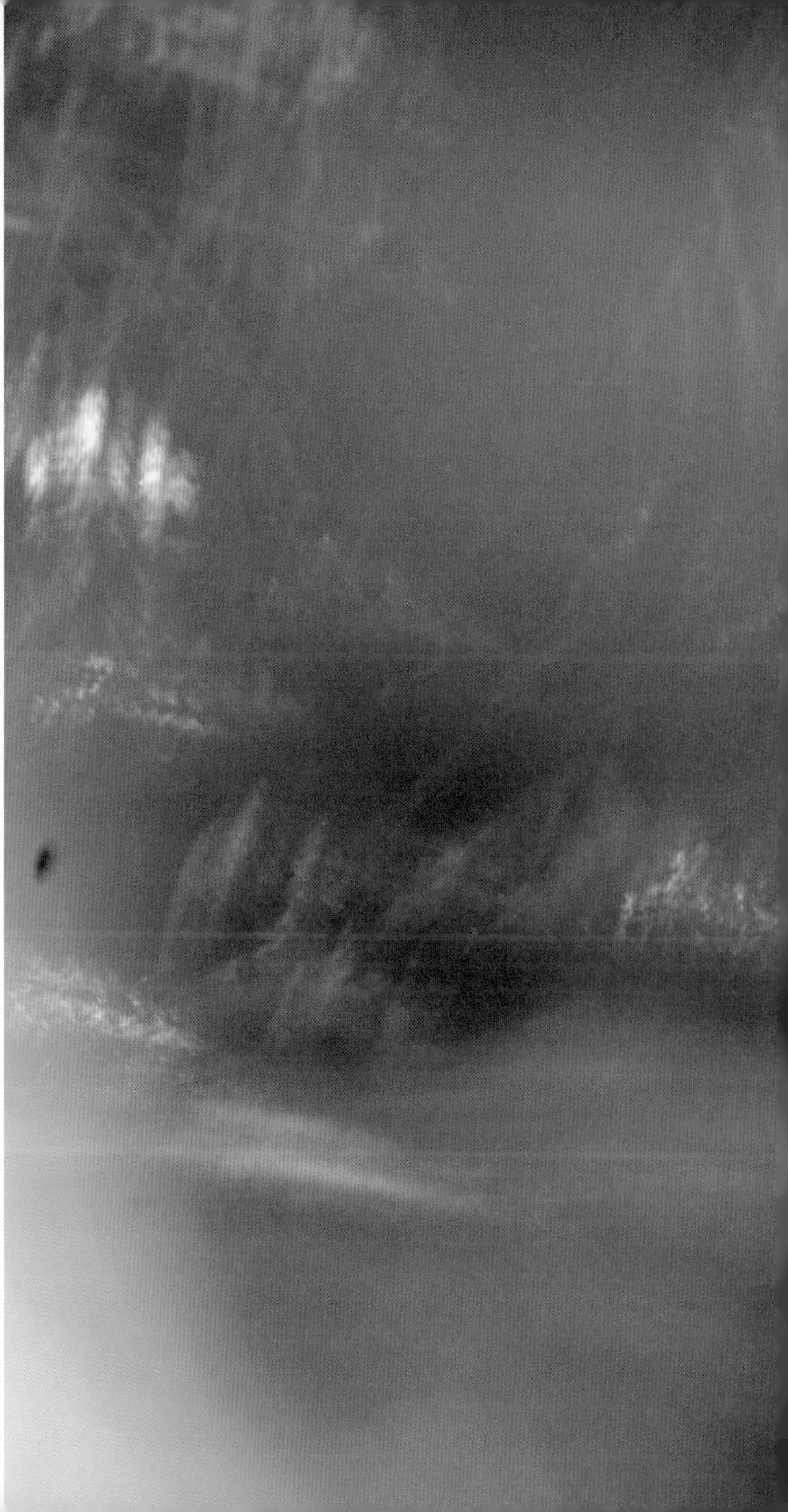

10 漫長的夏日

對夏天的體會和回憶，總是非常情緒化。

即使每個人對夏天都有非常不同的見解。

在通行夏令日光節約時間的國家裡，夏天裡盡情享受著日照，到了九點才會天黑。白天一長午餐便吃得緩慢，晚餐常拖到半夜，餐廳裡客人搶著曬得到最多陽光的陽台座位，或是躺在沙灘上把嬰兒放在推車裡一起烤著肉。

當然同樣的火候下嬰兒一定比大人美味，看著那些嬰兒圓滾滾的手腳，他偷偷在心裡這樣想像。

依照日曆行事的文明生活，武斷地選擇一個日子讓夏天結束。在緯度高的北歐國家，夏天結束就代表與日光和白天說再見，沒得選擇，清楚明白。

某些溫帶地區，日照的多寡只在中間值上下游移。

有的時候在中間値游移反而比較辛苦。

通常那是十月的最後一個週日，凌晨三點，電視廣播傳送著官方公告，將時鐘從三點調到兩點，天亮以後，那個星期天的日落會早得讓你害怕，在那當下，眞的覺得自己的人生會因此變短。

這個世界上還有完全不需要夏令時間的地方，特別是那些除了夏天就沒有別的季節的國家。在那些地方，到店裡買冬裝只是身分的象徵，表示你可以旅行到別處去感受冬天。

至於這個國家，故事就有點複雜。

一九八六到一九九一年這個國家曾經實施過夏令時間制，爲了鼓勵廣大的全國民眾能夠早睡早起節約時間，於是頒布政令要像個先進國家一樣，在某天的半夜調整全國的時鐘，不過在夏季出生的人，記得生辰八字要調整回眞正的時辰，否則怎麼算命都不會準。

在一九九二年，這個國家宣布廢止使用夏令時間，原因出乎意料地簡單，只是因爲施行上的弊端多於節省下來的能源。

到底是哪些弊端，以及眞正產生的原因，在這麼大的國家要一一深究只是累死自己。

關於這個國家的時間，夏令時間還不是最大的困惑。

這個國家的面積有九百六十萬平方公里，是二十五個日本那麼大，在地圖上橫跨五個時區。

但在現實生活中，全國各地只使用一個時間，那個時間，是以這個充滿夢想的城市命名的，但實際上，這個城市的人們看見時鐘上的時間，並不是這個城市在世界上眞正的時間。

這個時間，照舊也是用中間值規定的。

所以在最西邊的沙漠裡，太陽最高的時刻是下午三點，在那裡還有少數民族自顧自地用自己的時鐘過日子，而在東方的海岸，眞正的中午則是早上十一點。從西南省份打電話到同緯度的南邊鄰國，還得計算一下時差。人的力量在此戰勝自然的星辰運行。

其實無所謂，反正時區這件事也只是人定的。換日線也是，他還因爲換日線而差點害她白等二十四小時，人類眞的會害死人類。

總之他們在這個城市裡的這一天，日出 5:03am，日落 7:39pm，一切合乎常理，正常得不能再正常。畢竟這個國家的一切行爲全部都得照這個城市運轉。

「你怎麼會知道這麼多？」有人問他。

「Wikipedia.」

他大喇喇地推開浴室的門，直接走到洗臉台前拿起牙刷，擠上牙膏。正在淋浴的她嚇了一跳。

「抱歉。」他邊刷牙邊模糊地說，「……下次我會敲門。」

她把濕頭髮往後撥，想了一下，「不，沒關係。」

「沒關係？」他滿嘴泡沫。

「我是說你不敲門也可以。」

「那我就不敲門。」

他刷好牙把牙刷丟回玻璃杯裡，兩枝牙刷放在一起，檯子上有泡沫，打開的肥皂泡在水裡。

這份屬於兩人生活的邋遢氣味，再過兩小時就會被勤奮的客房清潔部給一掃而空。

就算是暫時的也好，能夠知道跟她一起生活的氣味是什麼樣子，那就很好了。

她淋浴的時候不唱歌。並不是不喜歡唱歌，也不是淋浴不舒服，她只是不喜歡在淋浴的時候唱歌。她就是這樣的個性。

把這樣小小的發現列成清單的話，就會發現自己原來不知道的還很多。

她在床上不太吵鬧，並不是害臊，也不是壓抑，她只是表達得比較安靜，這也是一項。

眞的要列清單的話，說不定會發現，自己也不是那麼了解自己。

她想過讓他進來一起洗澡，當作友善的表示。不過淋浴間實在不算太大。

她把頭髮沖乾淨，走出淋浴間換他進去，自己拿著踏墊把滴在地上的水珠粗略地擦一遍，就像在家裡一樣。

習慣性地這樣擦地的同時，她腦中掠過一個想像的畫面，她想像著他在家裡，是不是也有人這樣把地上的水擦乾。

她走出浴室，發現冷氣又被他關掉，從浴室溢出的蒸氣正把房間變得跟窗外世界一樣悶熱。

她對熱沒有意見。畢竟她是在南方島上長大的，已經習慣把流汗當成日常生活的一部分。

八月六日早上八點，全城都在倒數著改變世界的六十小時前。

拿著抹布的工人，腰間綁著繩子從上面懸吊下來，出現在落地窗的框線中，像馬戲團戲箱一樣地不眞實，像透過放大鏡看蜘蛛懸吊著絲線下降般奇妙，但這是千眞萬確的。

看見了身上只圍著浴巾，盯著窗外看的女人。工人的表情沒有任何變化，只是繼續著手上擦窗的工作，然後快速地移動到下一格窗框。

這應該會是美好有趣的一天。她想。在這個暫時的家裡，趁著他在洗澡時的私人時光，自己一個人笑了。

出租車

他們在街邊攔下一台座椅吸滿菸味的計程車，他試著搖下車窗，但沒有把手，司機頭也不回地對他搖手。指著十分努力怒吼著送風卻不太涼的冷氣孔。

他只好放棄，他不喜歡冷氣。但他在這個地方學到的是，比起爭辯，忍耐比較快。因爲你幾乎沒有勝算。

「Where are you going?」司機使用了他的英語一〇〇〇句手冊中最常用的這一句。

「到七八九。您知道地方嗎？」他喜歡看她開口說中文把人嚇一跳的樣子。

「什麼七八九，是七九八吧，不是七八九。」

「你說是七九八，那就是七九八吧。」

司機並沒有正面回答她的話，只是不斷喃喃地說：「是七九八啊，不是七八九，要是七八九的話那可不就大順了嗎。哪有這種好事兒……」

他用眼神問她怎麼了，她拍拍他大腿，叫他不必在意。

在市中心街區塞了一陣以後，又在十線道上排起車龍，乍看很像停車場。車裡的空氣實在不清新，他想把車窗搖下，但想想司機的反應又放棄了。

車終於上了外環公路之後，司機使勁地加速，他們看著左邊那棟被稱爲當代最激進的建築，司機用引以爲恥的樣子叨念著。

「難看，花錢。有什麼用處？是不是？」

「他在說這樓很醜對不對？」他問。

「你怎麼知道？」

「因爲很醜。」

就像八〇年代背了磚頭一樣的墊肩，醜得讓人不忍直視，但是痛快。

能夠成長得目中無人、自大、痛快，算是件好事。

她願意接受這種成長。畢竟她了解快速成長的必要，沒有時間慢慢琢磨，只能大刀闊斧地試，痛快地得到立即的教訓，然後馬上蛻變，或是被淘汰。

「我不知道你在說什麼。」他搖搖頭。

「你當然不知道了。」她輕輕從鼻孔裡噴出點氣來。大部分只是因爲悶熱。

「我眞不懂，有時候你那麼堅決地要跟他們劃清界線，有時候你又站到那邊去。」

車子在他們對話的過程中起勁地跑著，超前越過一輛輛滿載遊客的大型遊覽車往前奔馳，不因爲他們對話的起伏而變快或變慢，它只想往前衝去，到達目的地。

「我知道。」她平靜地說，「你說的沒錯。」

「到底是哪一邊？」

「也許什麼也不是吧。」

「那很好啊。」

「哪裡好？」

「自由。」

她看著他，呼吸著不夠新鮮的空氣的臉，帶著體諒但認眞的表情這樣說著。

每當有人對她認眞，她明明知道應該珍惜，但就是無法欣然接受。那種無法欣然接受的宿命哀傷，一直跟著她。

「師傅，聽廣播沒有，下不下雨啊。」她換一種語言，又換一副腔調對司機說道。

「天空陰沉得，下雨涼快些。」

「喲，現在這下雨兩字可不能隨便講，它下，也要下得巧，最好是今天下，明天下，下個痛快，後天八月八號萬里無雲一片乾淨，大家都指望老天了。」

「不是我要掃興，明天，照理是會下點雨的。」

「照什麼理？」

「明天是七夕嘛。」

「怎麼七夕就要下雨？」

「不是說牛郎織女相見太高興了就流淚了。」

「哎，這我剛好有點研究，您知道七夕和牛郎織女是兩回事兒，原本是沒干係的。這七夕跟牛郎織女分別是不同的國家非物質文化遺產項目。」

「國家非物質文化……」

「遺產項目。」

「遺產項目。」

「一個七月七的日子能夠有兩項國家非物質文化遺產項目，這是非常獨特的，又剛好落在這個重要日子的前夕，讓世界都知道國家浪漫的一面……您好不好翻譯給這位先生也讓他了解一下，我英文考試考完了就全給忘了怎麼講的……」

她看著一直凝望著窗外，沉浸在自己想像裡的他。

「先生，司機叫我告訴你，明天是農曆的七月七，是個重要的傳統節日。」

「關於什麼的節日？」

「愛情。」

「眞好。」

「他還說到這個日子對於國家民族的重大意義，你想聽嗎？」

「我不用了謝謝。」

「通常這天是要下雨的。但是司機不這麼認爲，他覺得雨會壞大事。」

「昨天就下了雨。」

「昨天？」

「下午，我在游泳池的時候。你不是在外面嗎？」

她皺著眉頭，盯著他認眞的表情。

「我不知道你在泳池邊怎麼會知道下雨，那個游泳池的天幕，是人工光線。」

他難以置信。

「你是說……」

「我不覺得他們會製造下雨的天氣讓游泳池邊享受的貴客掃興。」

「但是我……」他耳邊又開始響起炒豆般的雨聲。

她轉頭看著照後鏡裡司機的臉。

「他說眞是美好的巧合。」

「他剛才這樣說嗎？」

「是。」

「那他的表情還眞木訥。」

「他就是這樣的個性。」

「你拿張名片，好吧，明天，我帶你們兩個，去水長城啊，那邊景致好，只要兩個小時的車程，我還給您導覽。你跟他說，水長城，是最適合度七夕的地方，上次還有個人在那求婚，上了電視。」

「他說什麼？」他問道。

「他說明天帶我們去個適合求婚的好地方。」

他意味深長地瞇著眼思索了一陣。

「我很想去。但是……」

「你已經結婚了。」

「我是要說，我明天一定得進去工作了。」

「噢。」

「怎麼樣？」司機問道。

「明天有事兒忙呢。」她說，然後就閉上嘴巴停止閒聊。

心情突然變得有點差。不過整體而言，她知道這會是很特別的一天。

那種不管經過多少年，都會記在心裡的一天。只要看到一件有點關聯的小東西，就會想起一句接一句兩人之間的對話、經過身邊的人、高掛天空那太陽的熱度。

事後想起來還是會說，「噢那一天啊，眞懷念，那司機，他管的可眞多呢。哪個司機？就是一開始搭上的那台……」

大約會是這樣吧，她不是知道，只是有預感。

購物

整排藝廊大部分都都關上門，外門還上了鏈。

「今天不是星期一啊。」他說。

「後天是大日子。」

「眞掃興。」

「別這樣，還有幾間開著呢。」她安慰道，「幫我拿著相機吧，你拍的比較好看。」

她把沉甸甸的相機塞進他的口袋。男人的口袋，總是很神奇，能放進好多東西。

「有什麼好拍。」他把相機拿出來塞回她手裡。「不要放我這，好重，我走路都難走。」

「我拿著就不重？」

他像小孩一樣急著找不合邏輯的辯解：「你放在包包裡……比較不重。」

她毫不意外地看著他：「算了。」

他們帶著小小的彆扭走進第一間開著門的藝廊。

開著門的原因，是因爲正在施工換裝置。

也許他們長著一副裝置作業專家的外表，工人連頭也不抬地隨便他們進入。地上布滿沙土，還有一些帶著釘子的木塊，她想著自己露在涼鞋外面的腳趾，和在飛機上被告誡過的話。

「這樣的藝術空間……巴黎也有一兩個。」

「台北也有這樣的地方。」

「倫敦也有。」

「東京也有。」

「紐約……」

「有兩百個。」她接著說。

「我們是不是該去參觀皇宮才對。」他問。

「你想排隊一整天就請便吧，聽人家說，得排上半天才能從售票口移動到前門。」

「那也就是說……這裡也沒那麼糟。」

「我沒說它糟。安靜不好嗎？」

他們又參觀了幾間施工中的藝廊。大約看出了文化創意產業的主流意識。拿領袖畫像和社會主義標語，進行一些無傷大雅的改造或模仿，正流行。

他們以最慢的步伐走著，卻不怎麼輕盈。

在那樣的烈日下走著，頂上的行道樹雖然翠綠如新，但她從未覺得樹葉的縫隙那麼大，太陽的熱力毫不保留地送到地面上，這些在地面上活著的人們的肩頭。這種熱法，是連他們在施工中的牆後親熱時，都會有點上氣不接下氣的熱。雖然是有點不忍，但還是有點草率地催促著結束了親熱的那種熱。

走到藝術區的另一頭時，終於發現日常生活的軌跡，用油漆在木板上寫著餐廳兩字的小店開著門，裡面有人大聲地交談，還有充滿水分的蔬菜被投進熱油，嘈雜的炒菜聲。

他們開了冰涼的汽水在前廊下喝。他的腳邊有一隻焦糖色的貓咪，牠決定要維持那個姿勢直到太陽下山，絕對、絕對不會移動。

可惜人不能擅自做這種決定，因爲不想被認爲只是貪圖對方的身體，只是想逢場作戲，不願一起體驗新的事物，不願一起走在街上，因爲想要更合理地回到房間裡去，所以才出來外面、傻傻地讓太陽曬。

「還沒中午呢。」她用眼角瞄了一眼屋裡牆上的鐘。

「你開玩笑吧。」
「好長的日子。」她笑笑說。
以後回想起來，就會覺得短了，她心想。
他們盡量緩慢地在廊下渙散地看著閃閃發光的路面，抽了幾根菸，然後又口渴了。於是再開一瓶汽水，那是世界各地都熟悉味道的飲料。
當然中午還是沒有那麼快就到。
餐廳隔壁的創意小店開著，裡面有兩個人，因爲店面很小，再加進他們兩人，就很熱鬧了。
他很滿意地看著四面從牆角堆到天花板的各種正紅色的飾品和玩偶。
冷氣開放著，他們在這很愉快，不急著走。
「你說哪一個好？」他拿著兩個花色不同，有著尖尖耳朵的、面帶驚訝的兔子娃娃問她。一個是紅底上有著各色牡丹花，一個是白底有著同樣的牡丹花群。
「你要買給……」
「當然是我的公主殿下。」
「女兒的禮物叫我選？」她放慢動作、悠哉地挖苦他。

「當然，難道叫後面這些好青年選嗎？他們又不認識我女兒。」

「說不定他們的意見會不錯。」

「別想那麼多，給點意見，你比我知道女孩子喜歡什麼。」他說。

「當然是紅底的好，小孩應該多用鮮艷色彩，也不怕弄髒。」

「你說的對。」

「我當然對。但其實我不認識你女兒。」

他想了一下，恍然大悟地拍了一下頭。

「你總有一天要認識她的。」他帶著無邪的微笑，他是眞心這樣想。我知道，我都知道，她想。

他在這唯一一間正常營業的小店鋪裡買齊了對家人朋友交差的各種紀念品。在他翻看各種標語海報時，每當他開口問，她就加油添醋地解釋給他聽。

「這是什麼意思。」

「很紅的太陽在你家門口高高地昇起來。」

「就是我家頂上有紅太陽。」

「不是有，是高高地昇起來。」

「不一樣嗎？」

「當然不一樣，不昇起來就沒有那個精神了，」她對著一旁努力跟上英語對話的店員，「你說是不是？」

「是啊，先生女士。」

她看著那小到不能再小的櫃台，沒有收銀機，店員把錢放在桌邊的籃子裡，幾張鈔票和大量銅板顯眼地散在籃底。大概這就是粗放式經商的示範。

「今天到處都關門，只有你這有開。」

「唉呀，」店員壓低了聲音，「那些不只是關門，而是換了人做。」

「換誰啊。」

「這塊地被公家買了，租金就漲，好多老師付不起就搬走了。結果現在愈來愈冷清了。」

「會有問題嗎？都拿毛主席來作畫了不是？」

「那是他們覺得好看才行。上回我在招牌上畫了個毛主席點了顆瑪麗蓮夢露的痣，沒幾天就有人來叫我撤下來。」

「眞的會來啊。」她也自然地跟著壓底聲音。

「眞的。」

「眞沒想到。」

「你是台灣人我才跟你說，就說這麼多。」

收銀的是個看起來直爽，講話也很豪邁的女生。在他抽出信用卡時，慌張地搖手，「哦不啊先生啊，我們這怎麼會收這卡呢？cash please。」

「糟了。」他掏口袋時看著她，看她會有什麼反應。

她只是微笑地看著他，在那微笑之下有著強硬的態度。

送給女兒的東西自己付錢吧。她看著他。

他從身上找出所有丹尼施捨給他的當地貨幣現鈔。還差一點。

他只好拿出美鈔試試。店員困擾地看著他的動作，窘迫地想造句，雙重壓力。

最後是粗放式經商的店員讓了步。讓他免了剩下的零頭，讓他可以像個稱職的洋大人觀光客一樣拿著塑膠購物袋，提著滿袋的觀光紀念品走回大太陽底下。

「昇得更高了。」他指著頭頂的太陽。

中午了。

觀光

只是走在圍牆邊，想要找到下一個目的地，但不知不覺腳下的路已經變成碎石，身旁充滿了工業化場景。只是那些廠房鍋爐，沒有一個運作著。

「可以問你一些問題嗎？」她突然說。
「小心點走。」他看著倒退著走在前頭的她，「問題，很多嗎？」
「不只一個。」
「像是？」
「不知道，只是，突然發現，我們啊，可以說認識很久了。」
「眞的滿久了。」
「但是，很多事我都不知道。」她停頓一下，「是因爲我都不問的關係嗎？」
「我以爲你沒興趣。」
「你以爲。」她腳下眞的被絆了一下。
「看吧。」他說，「問吧。」
「嗯……像是……你好像不喜歡社交網站喔？」
「你是說facebook還是什麼？」
「各種啊，爲什麼呢？」
「嗯……不喜歡吧。」
「大家也不是因爲喜歡才用的吧，就像手機一樣，有電腦就會上網連絡啊，這樣省去很多溝通時間，不然很困擾呢。」

「你覺得困擾嗎？」

「我不會。」她停了一下，「我又不需要知道你每天的大小事。」

他們倆都適切地沉默了一會。

「我想我是一個沒什麼朋友的人。」他開口說，「用了那些東西，天天上網就看見他們改變暱稱，換新的照片，好像大家彼此就在身邊一樣，可是……」

「可是根本就不在。」

「對，」他想了想，「我不喜歡這種錯覺，偶爾想起眞實的一面，那種時候，感覺就很差。」

「不過大部分的人都不會想到這些，也不會發現什麼眞實的一面。」

「那時我的感覺就更差了。」他笑了。

「那我懂了。」

「好，下一題。」

她看著日晷的刻度，想到兩人所剩的時間如此有限。

但那又如何，四年前，他們都以爲自己已經錯過了最後的機會。

現在，他們卻一起站在這裡。

「記者會的時候，站在丹尼旁邊的，是新來的？」

「哪個?」他皺著眉頭，是因爲陽光太刺眼，不是因爲不喜歡這個問題，「你是說女的吧?」

「嗯。」

「對，新來的，工作效率很棒的女人。」他說，「我很喜歡她。」

「我認識她。」

「眞的?世界還眞小。」

「我跟她一起工作過，她態度正直又嚴肅，被我的人嘲笑，被他們欺負。可憐的人，」她看著地上沒鋪好磚的砂石地，「但我卻沒阻止他們。」

「爲什麼沒有?」

「我覺得，」她覺得太熱了，頭暈，眞想拖著腳走，「像她那樣選擇正直的人，一定不需要我這種人的保護。再說，她不管到哪裡都會被這樣嘲笑的，在這個時代，只有少數的人，會傻到去堅持對的事情，她一定比誰都堅強，像她那樣的人，跟我不……」

她沒有繼續講，就那樣讓話頭蒸發在炎熱的微風中，聞得到剛除過草的味道，還有大聲到足以讓人耳聾的滿樹蟬鳴。

「我不會笑她。」他接著說，「她很認眞，不說屁話，她總是安靜地跟在我背後，把每件事處理得妥當完善。」

「大概喜歡你吧。」

「可能有一點吧。」走上通往拱橋的石階，他說著，突然停下腳步，「你會嫉妒嗎？」

她率先走上跨過荷花池的拱橋，都仲夏八月了，還不開花，沒一個合作的，都在唱反調。她心裡賭氣地想著。

「你就是這樣，從來都不嫉妒。」他說。「你害很多人傷心。」

不嫉妒跟不懂得使用嫉妒是不同的，她這樣想著，等他跟著上了橋。

我是不懂得使用嫉妒。她想。

「你怎麼會看到記者會？」

「HBO。」

「完全沒人有興趣的東西也會播？」

「大概是因爲幕後人員比卡司還像明星的關係吧。」

「怎麼可能。」

「我看了好幾次重播。不管怎樣，都只有記者會，作品卻沒有播。」

「眞傷人耶，作品本身才幾分鐘而已。」

「記者會還播了二十分鐘喔。」

「爲什麼會這樣？」

「所以我說是幕後人員長得好看的關係。」

「眞的有這種事？」

「有啊，在這裡長得漂亮的人，不需要理由就可以享受特權。」

「在哪裡都一樣啊。」

「不過這裡呢，有單眼皮自卑傳統。」

「你的眼皮那麼多層，卻沒有比較順利的樣子。」

「因爲個性太差了。」

「我也是。」

一個路口有一公里長，他們終於見到了十字路口，外環公路邊孤伶伶地站著唯一的樓房。

那是一個商場，外牆看板上寫著，前往↓美好的未來。

商場

他走進商場旁邊的無人銀行立方體裡面的時候，她坐在外面的階梯上，把裙子下的腿用力伸直，扳著腳板，想解除一點痠痛。走著的時候，炎熱讓她忘記了腳痠，坐下來的時候才咚地一下把疲勞都沉到腳上了。

從面前經過的大叔看了她一眼，她把腳縮回來。

如果是自己的阿叔，就會直接大聲地說，穿裙子不要這樣坐在路邊。

但是這裡不管到處走個幾百里，也不會有認識自己的人，哪來的親戚，哪來的介意。

她又把腳伸直，她習慣忽視陌生人異樣的眼光。

雖然習慣忽視，但她可是專家。

陌生人的異樣眼光有幾種。

最普遍的就是，你是女孩子，怎麼可以這樣。

這一項的標準，端視陌生人閣下對於一個女孩子在路上應該有的行爲是如何認知而定。有些地方的女孩可以穿著高跟鞋邊走邊吃，大家都這樣做，沒人有意見。有些地方的女孩在路上露出臉孔，可能會有殺身之禍。

長得漂亮的女孩在哪裡都會吸引陌生人的目光。但要是漂亮的女孩行爲粗暴、目中無人，或是在白天穿著晚裝，陌生人的目光就會參雜著異樣的神色。瘋掉的漂亮女孩，比瘋掉的普通女孩，還要令人感到傷感，而後轉爲無比恐懼。

有的時候陌生人異樣的眼光中批判意味濃厚到了臨界點，陌生人可能會就地變成陌生的長輩，出來教訓這個舉止不當的女孩，用陌生人個人的標準。

這種思維的開頭是這樣的：「要是你是我的女兒，我就……」

還有很多時候，陌生人只是走在路上無聊，剛好有東西看，他覺得奇怪就看了一眼。「哪來的女孩？」是這種類型的通稱，剛才的大叔就是這種，最無害也最快消逝的一種異樣眼光。最不需要介意。

剛才的思考也是一樣，因爲在路上無聊，剛好有東西可想，她就這樣想了一回，不用太過深入自尋煩惱。

於是她繼續扳著痠痛的腳板，無聊地看著四周的風景。一個普通的城郊街角，過度寬闊的視野讓她很難抓到任何重點。但她相信只要看久了應該就會找到重點，所以她繼續看。

他在提款機前努力了很久，想用他的外國信用卡取點現款出來。她大可以在他進去前就跟他說不用瞎忙，因爲這不是那種提款機。

但她不願剝奪他表現誠意的機會。如果眞的提到現款，也不是壞事。

因爲跟他一起的關係，很多東西都變貴了。

他也知道這個道理，但也無法改變自己的膚色。

在觀光區的舊市集裡，每三五分鐘，她就看見一個挽著洋大人的黑髮女孩，這已經是完全不稀奇的事情了，但她看到的時候，還是覺得有點不愉快，很難形容，但她知道爲什麼。

那又是另一種典型的異樣眼光。「你就是喜歡洋人。」

難道你覺得自己和別人有什麼不同嗎？她想這樣問自己。你和那些挽著洋大人的黑髮女孩又有什麼不同。

我和每個人都一樣，人不是都有那麼多選擇的。難得有人喜歡我，不計較我的缺點，那就該偷笑了。誰管得著陌生人想什麼呢？她對自己說。

「沒辦法。」他站在身後說。

她回頭仰望著他，臉被太陽曬得通紅，短褲下的腿毛上滲著汗。

「我不是說了，現金我有嗎？」

「你說了。」

「那就這樣吧。」

「只能這樣了。」

「又不是要買房子。」

「只好暫時不買了，房子。」

「喝咖啡吧。」

「冰的。」

「當然。」

「喝完之後，再去買房子。」

公園

要維持對話不容易。必須持續丟出問題。就像兩個人相處不容易，一直不斷出現問題，才能一直維持下去。

「你在飛機上看的書是什麼？」她問。

「爲電影寫的小說。很舊了。」

「那本書看起來很新。」

「才買的。」

「叫做什麼？」

「*obsession*。」

「反映了你的心情嗎？」

「什麼心情？」

「算了。」

她不是很有耐心的那種女人。偶爾爲了喜歡的人，她覺得應該努力耐著性子，但總是半途而廢。

她沒耐性的時候，不是轉身就走，就是懶得說話。這麼炎熱的天裡，當然不能轉身就走。

「那你在路上看的書又是什麼？」

「《東方主義》。是眞的很舊的書，從舊書店買來的。」

「那又是什麼。」

「政治學家寫的書，不過他講的東方沒有包括這裡。」

「那是講哪裡？」

「他是巴勒斯坦人。你知道，以色列不喜歡的那種。」

「反映了你的心情嗎？」

「我只看了兩頁。」

「很難懂？」

「很久以前的趨勢，現在已經是歷史了。」

「只看了兩頁。」

「所以不算是我路上看的書，我眞正看的是免稅商品的型錄。」

「那就眞的是……」

「反映了我的心情，對。」

她把涼鞋的繫帶踢掉，光腳踩在鞋面上，慢慢地喝一口一離冰箱就快速退冰的礦泉水。

他穿著的帆布鞋讓他腳心出汗，幸好穿了襪子，不然就會更難受。他坐在長椅上，聽著她慢慢翻著旅遊書頁的聲音，看著路過的觀光客一家，帶著橫衝直撞的小男孩，小男孩手上拿著玩具水槍，時代進步了，連玩具水槍都是自動步槍，小男孩一路噠噠噠地廝殺，無視樹下的他倆，無視那些每天都在同樣位置運動的老居民們，就那樣繼續往前殺去。

他脫下鞋襪，橫躺在長椅上，雙手枕著頭。

「美國人。」他看著一家人的背影說。

「當然，我聽見他們說話了。」

「幸虧我的是女兒，我受不了男孩子。」

她從書頁間往旁邊看著他，把手抬高讓他把頭枕在自己腿上。

「我喜歡男孩，我希望有個兒子。」

「你當然喜歡男孩，這樣就沒人跟你爭爸爸的愛。」

「你開什麼玩笑。哪來的競爭，」她淡淡地邊翻著書邊講，「女兒出生勝負就已經定了。」

「你眞豁達。」他笑起來。

她把夾頁的大地圖打開，「我也當過女兒啊。」

「腿痲了跟我說。」他把頭枕得再舒服一點。

「很快。」

「現在？」

「有一點。」

他嘆口氣爬起身來。暑氣這種東西，除了等夏天過去，沒有消除的可能。

他現在大約感到三〇％左右的暈眩，視線還算清楚，但頭腦的大部分已經停止運作。他隔著步道看著假山邊圍著桌子的一圈人，有人在下棋。

他站起身，打著光腳走過草坪，走過步道，走近觀棋的人群。

她看著他的步伐，有點擔心他光著腳踩到什麼可怕的東西。她小時候見過玩瘋了的哥哥一腳踩在空地的狗屎上，那種味道眞是洗過一百遍還是無法擺脫的髒臭夢魘。

但她還沒來得及出聲，他已經安全抵達棋桌邊，和所有人一樣，安靜地觀著棋。

和老人們一樣穿著白色棉質汗衫的他，遠遠地看過去，簡直可以完全融入，除了頭髮不夠灰白、背不夠駝以外，根本看不出差別。

而專心觀棋的老人們，根本沒有人轉頭看他一眼。

她把書闔上，重新把腳塞進涼鞋，提著他的布鞋，慢慢地朝他走去。

建設

差不多可以問眞正的問題了。

「我從來沒有問過。」

「什麼？」

「之前，爲什麼離婚？」

「喔，那個啊。」

「如果不想說就別說了。」她並不是眞的好奇。

「不會不想說，其實非常簡單，她愛上別人了。」

她沒有接話，只是給了他一個「就這樣？」的眼神。

「嗯。」他說，「是我們的多年老友，在學校認識一起長大，十幾年了。」

「眞過分。」

「不過也很自然。」

「她親自跟你說的？」

「她告訴我的時候，」他停頓一下，深深吸了一口菸，「是我第一次感受到，由內心深處產生的強烈憤怒，第一次覺得有暴力的衝動。」

「打架了嗎？」

「打了一架，不是跟老婆，是跟那個朋友。」

「結果卻是一樣。」

「一開始就注定要輸啊，打贏了還是會輸。」

「失去老婆，又失去好友。」

「嗯。」他把手平放在桌面上，下巴靠著，「所以後來碰到現在的老婆，感覺就像充滿陽光的假期一樣。像星期天早晨，可以賴床……」

「星期天和假期不一樣。我說過了。」

「你說過了嗎？」

「嗯，假期比較多天，但是很久才一次。星期天只有一天，但每七天就有一個。」她耐心地解釋。「所以呢，到底是哪一種，星期天，或是假期？」

他意味深長地看著她。妳就無法忍受兩分鐘的平淡，你總是要說些什麼。他在心裡這樣對她說，但是他不會說出口。沒有必要。

「星期天。」

「咳，我懂了。」她故意做出恍然大悟的表情。「所以，那是多久以後。」

「滿久了……大約，」他想了一下，「五個月以後。」

「五個月？」她驚訝地說。

「怎麼樣？」

「你和前妻結婚多久？」

「八年。你明明知道。」

「我知道，我只是太驚訝了。」

「你有什麼好驚訝。」

「因爲在我的想像裡，你那時候眞的很慘。」

「我是很慘啊，我受到好大的打擊，根本就不相信人也沒辦法愛人了。」

「但才事隔五個月，你就找到下一個人生伴侶耶。」

他聳聳肩。「我運氣好？」

「男人眞是不簡單。」她說。

「不，其實是非常簡單。」他指著她的鼻子說，「不簡單的是你。」

「你什麼也不知道。」

「那你告訴我。」他有點惱怒，「我什麼也不知道，因爲你都不告訴我。」

「爲什麼生氣？我也很慘啊，你不是都知道嗎？」

「我知道什麼，我看過你和議員兒子的照片，還有你跟音樂家的照片，還有你跟不知道是誰的照片，這都是我在別人的網頁上看來的，不是你告訴我的。」

「我的人生，就像臉埋在屎裡，你喜歡聽我講這些屎嗎？」

「看起來完全不是這樣的啊，你那些照片上漂漂亮亮的樣子都是屎嗎？」

「表面上的東西，你竟然也信。」

「是嗎，那現在是哪位偉大的男士？更有權力，更配得上你的男士？」

他只要自己生氣，就一定要把對方也弄生氣，他就是這樣連絡感情的人。這是她的認知，但如果這認知是錯的呢？也許他這個渾球就是要把氣氛搞壞，就是要把一切都怪到別人頭上。

「現在那個，是很好啊，沒得抱怨。」她面無表情地說。

有一段時間，兩人都不發一語，只聽得見彼此因爲炎熱和酒精的關係變得有點笨重的呼吸聲。兩人聞著自己身上散發的酒氣，八月午後的太陽不夠傾斜，她把墨鏡戴回臉上。

前後左右，樓上樓下充滿著最後衝刺的工事，新生古國與這個世界的見面式，只剩下兩天。但那關我啥事，她想，我只希望片刻的寧靜，讓我好好想一想，我在這個地方幹什麼？對面這個人，到底是誰？

「他讓你來這裡，沒有過問爲什麼嗎？」他冷靜下來開口說。

她覺得有點難過，爲那個男人，也爲這個男人，她都有點愧疚。但她馬上就把這種可悲的心情收起來，男人最不需要的，就是她這種無用的憐憫。

「他沒有時間管我去哪裡或是做什麼。」

「所以你基本上要做什麼都可以。」

「那是一種說法。」

「那你自己的說法呢？」

她看著他嚴肅的臉，他不是好奇或是湊熱鬧，他是眞的想知道。

「互相尊重。」她看著他的眼睛說。

他思考一下這件事的意義，用他個人的生活經驗，快速評量著這個原則的可行性和優缺點。

「你說的對。」他說，「沒得抱怨。」

交換完關於各種人生伴侶的細節與心情之後，終於雙方都能夠確定，自己是對方生命中，一位特別重要的朋友。

這一天的議程進度順利地進行著。

嫉妒

「那你知道我學到了什麼嗎？」

「什麼？」

「當你和一個人在一起幾分鐘、幾天、幾個月都很開心，並不表示如果你和這個人在一起一輩子，就能快樂地過一輩子。」

他不得不承認自己也有相同的體認，但是他不喜歡從她口中聽見，不喜歡這個話題的走向。

「是我讓你領悟這件事的嗎？」雖然有點怕被認爲自戀，不過他還是得問。

「不是。」她閉上眼睛，想聽聽看遠方的歌聲在唱什麼，但她搞錯了，只有工地的電鋸和電鑽發出蓋得過任何音樂的怒吼。「你只是剛好在我覺悟之後出現。」

才下午四點，她已經喝了兩杯紅酒特調。不知道是什麼特調，她覺得自己講出的話不是自己的。

「我喝醉了。」她說。

「這樣好，你喝醉的時候可愛多了。」

「這是讚美嗎？」

「當然是。」他打手勢叫人送帳單，「觀光夠了，是時候回飯店做該做的事情。」

「嗯。」

酒保親自送了帳單過來。使館區的酒保講得一口漂亮的英國腔英文，但是她不需要英國腔的英文。

「這特調後勁挺厲害。」她仰頭對著酒保微笑。

「您喝得習慣嗎？這是我調配的。」

「加了些什麼？」

「沒什麼特別的，就是些黑醋栗汁，但比例就是我的祕方了。」

「你英文講得那麼漂亮。你不是本地人。」

「您聽出來了，我是東北人，齊齊哈爾這地方您聽過沒有？」

「我知道，冬天很冷。」

「冷，而且長。」

「那這炎熱你受得了。」

「冷會死人，熱，熱不死我。」

「眞不同啊，北方的生活。」

「您一看就是南方人。我說的沒錯吧？」

「說的沒錯，南得不得了。」

「南方女孩子長得漂亮，愈是南方的愈漂亮。」

「你是見一個說一套吧。」

「欸您可別錯怪人，我通常不跟客人聊這些。」酒保呵呵笑起來，「因爲下午剛開門沒客人才有得閒。」

「但齊齊哈爾跟你的漂亮英文有什麼關係呢？」

「是我的英語老師，他是英國人。」

他一直沉默地看著她與酒保，他們嘴上講的是他不懂的語言，但是肢體的輕佻卻是他看得懂的。等到酒保意識到他因被排外產生的不悅，已經有點遲了。

他把信用卡從盤子上收回，用指尖將帳單推向她的方向，對酒保說：「She'll pay.」

她看著嫉妒的男人，突然覺得有趣，帶著竊喜的心情拿出現鈔，放在盤子上，對酒保說：「不用找了。」

他知道兩人的時間有限，但就算知道時間是多麼有限，想要有自己的空間的希望還是不斷地浮現。知道這樣很幼稚，想要跟對方找架吵的衝動還是擋不下來。

在酒吧裡，女人起身去洗手間的時間，有時候很長，有時候一下就回來了。如果這時身邊有個朋友可以嘀咕幾句，該有多好。健全的生活本應如此。

但現在他只是一個在這個廣大的國家裡迷失著的洋人。

他知道自己在眾人眼裡是什麼樣子。

但就算回到自己尋常的生活，一個那樣能跟自己嘀咕幾句的兄弟，恐怕都找不到。

他現在只是一個不愛社交，不講自己的事，只知道專心一致愛著女兒的父親。

沒有人可商量。也沒有抱怨的對象。

即使如此，他還是想講講看。

「她不開心了。」他看著洗手間的方向說著。

「哪裡看得出來。」博學多聞又善體人意的好朋友會小心翼翼地搭話。

「我就是知道。」

「你自己知道這樣做會讓她不開心，但你又忍不住。」好朋友說。

「我就是這樣，老是事後後悔。」

「你想試探她。」朋友睿智地說，「這很正常，這就是愛。」

「但我又怕她不開心，我不知道拿不開心的女人怎麼辦，我總是不會。」

「你會，只是不願意處理。你怕姿態一低下來，她就知道了。」

「知道什麼？」

「知道這是愛。」

「我想她應該本來就知道了。」

「但是你如果低頭，那又不同了。」朋友指著他，「這是證據。」

「證據。女人總愛證據。」

「難道你不想要？」

「我不需要證據。」

「她也不需要。」

「我只是在說她不開心了而已。」他點起香菸。

「她馬上就會原諒你的，畢竟你們時間不多。」朋友拍拍他的肩。

「我懷疑。」他吐出煙霧，望著陽台外遠方的天空，天晴，但是沉悶，這種天空他第一次見到。

「但是你不開心在先，所以才去惹她。」

「總是這樣。」

「你想讓她知道你不開心，這也是正常的。」

「這麼說我們只是一幫正常人，在做著正常的事。」他略帶諷刺地笑著。

「在這種非現實的場景裡，你們兩個都還算正常。而我，」朋友微笑地說，「根本就不存在。」

「眞遺憾。」

「你只要記得，在她的語言裡面，開心和幸福是不同的字。」博學多聞的好朋友這樣結論。

「我知道，差點給忘了。」他拍拍好朋友放在桌面上的手背，「謝謝你，再見了，好朋友。」

「再見。」

「等一下。」朋友的身影消失之後，隨著他的呼喚，又薄薄地浮現在桌子的另一端。

「你還有三十秒，她正要回來。」好朋友說。

「這每一棵樹上嚓嚓嚓叫嚷的東西到底是什麼？」

「是蟬。」

「禪？日本餐廳的那個禪？」

「不是，是一種昆蟲，蟬。他們在地底活十七年，然後出土爬到樹上，七天以後就死了。」

「難怪叫得這麼大聲。」

「難免。」朋友意味深長地微笑。他的人影消逝以後，他意味深長的微笑，似乎還停留在空中，過了好一會兒，才漸漸淡去。

三 夏日的盡頭

在太陽還沒下山之前，他們帶著身上的酒氣。無論還有哪些重要景點不看可惜，或是只要一小時就可來回的美麗風景，他們都完全不在乎了。

我現在只想回家，他們疲憊的心，各自這樣對自己說。

雖說是回家，其實只是飯店。雖然是飯店，但也是他們兩人的家。

他們一邊排解著炎熱又複雜的心情，在施工中煙塵瀰漫的路旁伸手叫計程車。

第一台車讓他們坐進去，又叫他們下車去。

「方向不對。」她簡短地跟他解釋，正好燈號綠了，她沒有去牽他的手，也沒有像一般朋友那樣互相交換「走吧」的表情，她低著頭逕自過了馬路，他沉默地跟著過街。

「迴轉？」他簡短地問。

「他不往那裡走。」她也簡短制式化地回答。

上了第二台車，這次方向對了。司機是女性，把收音機開得很大聲，不願錯過任何現場報導。

車在人的沉默和響亮樂音中行走了一會，直到上了公路，火紅的夕陽迎面照耀著，他在墨鏡下閉起眼睛。如果有什麼事情是他很不擅長，卻又經常必須處理的，除了孩子的眼淚，大概就是女人的沉默。

經過這些年，孩子的眼淚他逐漸變得駕輕就熟，但女人的沉默，他還是一點進步也沒有。

依然既惱怒，又想逃避。

爲什麼就不能讓我好過一點？他經常想這樣大喊，但一次也沒有喊出聲過。

他不是一個適合大聲叫嚷的人。而他也從來沒試過。

「這首歌很好聽。」他盡量自然輕鬆地想要重新開啓話題。「他在唱什麼？」

「我不知道，沒聽過。」

「我以爲你什麼歌都知道。」

「在我們那邊沒發行。」簡短地說明表示她不願多講。

「但你聽得懂歌詞吧？」

她看著前方，好像太陽並沒有那麼火紅一樣地睜著眼睛，他怕她就要這樣被照瞎了。

「聽不懂，這腔調。」她說著，終於閉上眼睛，戴起墨鏡。

他不相信她的說詞。她是能夠拿南方英語和非洲法文開玩笑的人，怎麼會有聽不懂收音機播放的華語流行歌這種事情。

她只是在鬧脾氣。

我沒有要求諒解的義務，畢竟我跟她什麼也不是。他自我分析著。但我不希望這有限的假期，被誤會和任性給浪費。可以的話，我們都應該選擇愉快地度過假期，而不是生氣地度過。

車流異常地順暢，好像在這史上最擁擠的倒數時分裡駛進了莫名的黑洞裡一樣，在那黑洞裡，就像都市熱島一樣，氣溫異常地高，聽得見成千上萬的人講著聽不懂的語言，卻看不見眾人的臉，看得見的只有他和身邊的女人，還有那全神貫注將他們輸送到回聲工廠裡的司機大媽。

「旅行總是累人的。」身邊的女人說，「旅行是讓你事後回想起來，覺得美好的事情。」

他開始習慣這市街嘈雜包圍下的沉默，就算一百年以後，想起她在身旁生氣，也可以是值得珍惜的回憶。他開始這樣想。

車轉上寬大的市街，左右銀行門前的燈光映照在她的臉上。夜已經降臨，她拿下墨鏡。

脾氣鬧夠了吧，他看著她心想，說吧，說句話。對我笑一個。

「師傅，你讓我在轉角下。然後你把先生載到上面。」

車在轉角停下。

「在這下？」他詫異地問，「開上去不就好了。」

她打開左邊的門，一部單車巧妙地閃過突然打開的車門，像沒事一樣揚長而去。

她回頭看著他：「我在這下，你坐車上去。」她沒有等他回話，就那樣關上門走進最接近的商場入口。

直到進了商場的旋轉門，她才放心地靠在商場嶄新光亮的牆上，讓那擠壓許久的不愉快浮上意識的表層。回頭看著原來停車的方向，車正緩緩地駛上通往飯店正門的斜坡。

我在浪費時間。現在這不是一種情緒，而是一種直覺。她一個人對自己說。

絕對清楚的界線，界於「你在浪費我的時間」，和「我在浪費時間」。

「你在浪費我的時間。」

以她的個性她經常這樣抱怨，但那只是姿態，只是脾氣。

「不要浪費我的時間。」在某些工作上的緊要關頭，這句話從她口中說出的時候，意外地能夠使鬼推磨。她以前聽了長輩的教誨，偶爾還會檢討自己那不耐煩的表情，但她長久地在工作上嘗試下來，她知道這種樣子在許多人眼中充滿奇妙的魅力。

有時候非常好用，不過哪時候是有時候，這才是學問。

比方說，只是比方說，有一個上班族，他正準備再過兩個月辭去工作，前往南美洲自助旅行，那是他多年以來的夢想。

他想有張VISA信用卡比較方便。那個××銀行的業務小姐最近不斷地打電話問著有沒有收到信用卡的簡介，有沒有收到申請表格。他嫌那小姐煩，說不需要了，但她還是一樣殷勤地希望你看看就好、看看不吃虧。於是上班族就看看了，想說趁現在有工作時申請，說不定可以弄到白金卡，到時旅遊意外險是幾百萬和幾千萬的差別。雖然這樣講很失禮，但是變成白金卡會員，你的命確實會值錢很多。

所以上班族利用上班時間，在網路上填好了申請表格，按下送出鍵。過了兩天，銀行的某個人打電話到家裡，問他在不在家。

「現在早上十點，他在上班，所以不在家。」上班族的媽媽說。說的沒錯。

「那……請問他什麼時候會在家呢？」銀行員問。

「下班以後吧，有時候會。」媽媽說。

「那……請問可以給我他的手機號碼嗎？」銀行員問。

「你是哪位啊。」

「我是××銀行信用卡部門的×××，因爲×先生有申請我們的VISA信用卡。我想跟×先生做個確認的動作。」銀行員輕快地說，雖然不知道有什麼好開心的。

「那我兒子申請信用卡不是有寫手機號碼嗎？」

「是這樣的，我們要確認資料正確度……」銀行員繼續用流暢的語氣說著。

「不好意思，修理紗窗的來了，我要先掛了，你自己打他手機。」上班族的媽媽就把電話掛了。

然後上班族的媽媽就打手機告訴上班族，有銀行的人打電話到家裡來。他的確是有申請信用卡沒錯，但這年頭誰知道是不是詐騙，所以媽媽什麼也沒講。

然後上班族在辦公室接到銀行員打來的電話。

「請問是×××先生嗎？」對方輕快地說，「這裡是××銀行，您有申請我們的VISA白金卡……」

「你們是不是打電話給我媽？」上班族打斷對方的話。

「呃……是的我們打到家裡去給您，但是您不在家。」

「這種時候我當然在公司啊。你們規定申請白金卡年收入要多少以上，我不上班行嗎？」

「很抱歉造成您家人的不便，我們是想跟您核對一下申請的資料……」

「你們上次已經打電話來跟我核對過了，還對什麼啊？」

「不好意思，之前打電話給你的應該是不同部門的，我的紀錄上沒有看到，但這是申請的標準程序，可能要麻煩您配合。」

「標準程序。」

「是的。」

「那你要對什麼資料？」

「這個您寫的連絡人，李××先生，這是……」

「我的朋友，上面不是寫了關係了嗎？」

「好的，那請問這個電話，是家裡的嗎？」

「是公司的。」

「請問這公司電話有分機嗎？」

「這是專線。」

「請問他的職稱是……」

「老闆。」上班族說，「他自己開公司。」

「好的……那請問，可以留給我他家裡的電話嗎？」

「幹嘛？你也要打給他媽嗎？」

「不不……我們只是留個資料。」

「留資料，你們要收集個人資料，爲什麼不好好花錢去買？你是詐騙集團嗎？連我朋友他媽的電話都敢跟我要。」

「不好意思那，先生，那，朋友家裡的電話不用了。那……關於存摺的問題。」

「存摺封面不是已經補傳眞給你們了嗎？難道又不同部門還要再傳一次？」

「不是不是只是想問您幾個問題而已。請問方便嗎？」

「你問。」

「就是您的薪資最近一筆有比較多……」

「那是獎金，收入比較多也不行嗎？」

「所以那就是底薪平均應該是三萬五嗎？」

你自己想到可憐的底薪你就有氣，何況是被一個陌生的銀行員無關緊要地拿來討論。

「我跟你說，我其他的收入還有很多，可是你們叫我交一份證明就好，我就交一份。你們拜託我辦卡的時候那麼客氣，申請了以後又一直到處打電話給我的家人，給我朋友，叫我交東西，問我事情……」

然後，時候到了，可以用上這一句關鍵用語：

「不然這樣好了，」他說，停頓一下，聽到對方屏息，「不要辦卡好了。」

然後對方突然什麼問題也沒有地謝謝您的幫忙說了再見，過了幾天以後，上班族就收到嶄新的白金卡，他開了卡，然後用白金卡刷了往祕魯的機票，旅遊平安險（僅限於搭乘交通工具時）兩千萬，充分感受到自己的命比較值錢以後，上班族深吸一口氣，開始寫辭職信。

在對方有求於你的關係中，不耐煩的氣氛可以讓你的位置瞬間抬高半度，用俯視的態度談下去的話，其實對方會更加感謝你。這不是什麼心機的遊戲，只是照著人的心理順勢推了一下而已。

以上是關於「你在浪費我的時間」這份感覺在情緒上的解釋。利用一點點不耐煩的情緒讓事情進展更快，並得到現階段有用的答案。

接下來是關於直覺的「我在浪費時間」。

那是非常令人傷心的一種直覺。這種傷心是安靜而深刻的，是明知道自己不能這樣下去，卻沒有辦法地感到悲傷。情緒還可以表達，但是直覺卻只是出現在那裡，然後你想著它，一直想著。

「我在浪費時間。」在這份工作上、在這個虛偽的聚會裡、在這個走錯路而陷於車陣的計程車中、在等待那道根本不好吃的菜餚上、在尋找你根本不需要的一雙漂亮鞋子的路上、在這個馬上就要回到他尋常生活的人身上。在這個人身上，我在浪費時間。

你知道這種直覺絕對不能說出口，因爲就算直覺是自然的，也不一定是正確的。

這種直覺可以破壞一個人所有的愛與信心，也可以讓親密的友情毀於一旦。所以你要緊閉著嘴，絕對不能說出口，她想。

「我們回飯店去做該做的事吧。」他最後這樣說。

好像在說，我們去看電影，然後去買些床單窗簾，一樣輕鬆自然。

好像一天的辛苦就在等待這一刻一般。

而她，好像這一整天都在等待這一刻要承認自己的不愉快。

怎麼會這樣，難道跟他在一起是一件不愉快的事。我也不希望這樣。

到頭來，這樣的發現，不是在否定他，而是在否定自己。她沮喪地想。

她看著左邊第一家店鋪裡陳列的夏季洋裝。那是一個她在別的地方也經常看到的商標，但只有商標熟悉，架上顏色交雜的方式，她完全不知道該如何理解。

還只是仲夏，熱天還有一兩個月，但花車已經被翻得亂糟糟，放在商品區的正中央。像一盤什錦年菜。

看著那年菜般的待售洋服讓她的心安靜下來。

當她重新走回人行道上，準備考慮下一步的方向時，正駛離車站的公車上擠滿了人，窗戶大開著，窗邊有個太太打著洋傘。
打著洋傘，不是個壞主意，但是，太陽已經下山了。
車上站在傘邊瞪著眼的先生，應該也是這麼想的吧。她直視著那位先生的臉，久久不能回神，直到她忍不住跟著奮力擠進車潮的公車小跑了起來。
「別追了，公交車還有下一班呢。」路邊的青年說道。
她沒有繼續追。她只是想起了一個人。照理她不該到現在才想起，其實她一直都沒有忘記。
她才拿出鑰匙卡，還沒插入鎖孔，他就快速地把門打開，好像他一直都等在門後一樣。
她像放學後偷跑去玩的小學生一樣，不知所措地站在門口，扭著手上的塑膠袋耳朵。
他露出微笑：「你買了什麼回來？」
她知道自己已經得到原諒，放鬆心情也笑了起來。
「餅乾和糖果。」
「餅乾和糖果。」他重複著，觀察著她羞赧的神情，不知道是演技，還是眞實。「你是小朋友嗎？」
「有時候是。」她上前把頭放在他的肩窩裡。

也許是發自內心的眞實演技。但那他也接受。

他們兩個都沒有洗澡。自從住進這間房以後就老是在洗澡，她覺得很厭煩。

而他只是單純地睡著了。她聽著他鼻塞的呼吸聲，漸漸變成輕微的鼾聲，他喝酒之後會打鼾，這她第一次發現。

直到房間電話響起。

她下意識地轉身要接，又頓時縮回手。最後決定就近拿起話筒交給他。

同事們在管制區內，已經完成了大部分的工作，也許他們心裡在想，沒有他其實也能做到的嘛！

他得去跟同事客戶吃晚飯。

畢竟，和同事客戶吃飯，是他一天之間，甚至是三天之間，唯一接近工作的事務。

他們就像尋常的同居戀人那樣配合著，各自吃了晚飯，晚飯之後，回到房裡先後泡了澡，然後一起躺在床上，看電視上播的電影。

影片是法文的，她不想看字幕，擅自翻身想睡。不知道什麼時候，眼淚流了下來。

一直沒有正眼關照她的男人，當然知道她正在安靜地流淚，但他只是伸手握住她的手，並沒有問她爲什麼。

就像尋常戀人一樣，這一天好累，今晚不要深究，我們以後再談。

以爲他們也能像尋常戀人一樣，有好多個明天可以拖延，直到無法繼續。

第三夜

12 內衣與菸

這是第三天早上。

醒來的時候，冷氣已經停了，她出了一點汗，想起了一個下雪的夜晚。

她穿著運動褲和室內拖鞋，披著大衣，站在門廊邊，看著工人把箱子一個個搬上貨車，工人們沒穿大衣，辛勤工作的汗水在雪地裡蒸發，好像每個人都冒著煙。

唯一戴著帽子和眼鏡的，想必是位階比較高的工人，數過一遍箱子的數目，拿著文件和筆走向她。

「總共八個，都好了。在這裡簽名。」工人看著她從口袋裡伸出手來，用僵硬的手指握著筆簽名，「還有這裡也要簽。」

工人等她簽好，仔細地撕下一聯交給她。

「貨櫃明天出發大約十四天會到，你到時候打這個電話問。」他指著單子底下那行字。

她看了一會上面的電話號碼，工人正轉身走向卡車。

「嘿。」她叫道，工人回頭。「這電話號碼只有八碼。」

「只有八碼？」

「不是應該九碼嗎？」

工人笑了，「小姐，等你回到那邊，那邊的電話號碼就是只有八碼啊。」

工人先生說的對。

她看著載著大部分自己的人生的卡車，消失在雪花紛飛的路底，兩週後到那邊再見，大部分的自己。她繼續待在門廳裡，靠在櫃台邊發呆了一會，值夜班的門房恰到好處地在她回神過來抬頭的那一刻給她一個鼓勵的微笑。

就算明天起我就不再爲您服務了，但是在這最後一刻，我還是希望能讓您開心一點。

我知道，我沒有不開心，只是有點累。她舉手示意門房不用站起來，走到門邊把大門關上，沒有說晚安，直接走到電梯間按了上樓。

這新式電梯是如此安靜，好像自己住在十七樓根本就不是事實，窗外一切都只是布景而已。

她推開半掩的公寓大門，格局方正的公寓，活動式的隔間都已經撤除。比起公寓，這裡還更像曲高和寡的冷清藝廊。

當一間公寓開張的時候走的是空寂的氣氛，那麼接下來入住的人也會自然地走上空寂的路。多年以來客廳總是只有一張桌子，上面幾本攝影雜誌，幾張輕便的椅子和一個吊床。

比起那客廳，她的房間簡直就是一家四口擁擠的住處，但到頭來，五年下來，只有八個船運箱子的存在，像她這種人生，簡直可以在十分鐘內從地表消失。

房東是南美國家的地主出身，地主和財閥只是讓他養家活口、安穩度日的表面角色，但他真正的職業，是一名攝影師，他喜歡拍年輕俊美的男子，每當他從南美回來，便在公寓的客廳開攝影展，前來的賓客，除了年輕俊美的男子，當然也有真正欣賞攝影作品的人士。

至於她，只是盡量配合的房客而已，她很樂意配合，因爲房東宴客的時候，供應的是最昂貴的紅酒和起士。

而在那個下雪的夜晚，那個地方既沒有照片，也沒有家具，也沒有任何人們居住的氣息。那是一個只剩下一件行李的公寓。

他坐在那件行李旁邊的地上抽菸，原本就不多的家具搬走以後，地面上幾乎沒有房屋淨空下常見的陳年灰塵。地面上他撣下的菸灰，看起來比任何房客的存在都還要重。

「這裡面有什麼。」他敲著行李箱問道。

「我喜歡看的書。」她關上門靠在門上，隔著兩公尺的距離低頭看著坐著的他，「還有內衣。」

「書和內衣。」他笑起來：「好像可以當作你的全部。」

她也笑了。「差不多。」

她一直記得他那樣說。

幾年以後，那樣說過的這個男人，在過了海關走往登機門的途中，簡潔地拿起一條香菸和幾盒保險套結帳。收銀員要求他出示登機證，他不耐地從口袋拿出來交給他，一邊看了一下左邊。

這樣的購物是有點不希望讓同行者看見，但他心裡同時又深深覺得理所當然。

「眞不公平，」他放下筷子，打開放在桌角的英文報紙。「你是內衣與書，我卻是菸與保險套。」他從報紙的縫隙間，看著她提起厚重的茶壺，用指尖壓著壺蓋爲他倒茶。在茶水流出的瞬間，流暢地往上提起茶壺，讓水位安穩地停在八分滿杯的位置，沒有一滴多餘。

「要求公平，那就沒意思了。」

「至少這一次，我可以要求一次公平。」他說，「是我邀請你的。」

「所以我才對你這麼好啊。」

「哼。」

「怎麼了，」她有恃無恐地用指尖輕輕敲著他的杯緣，「不值得嗎？還是你以爲我做什麼都是爲了錢，有人對我好，我就跟他走，你是這樣看我的嗎？」

他隔著早餐桌子看著她，穿著細肩帶的夏季洋裝，帶著深色的大墨鏡，就像經典間諜片中的女人，與龐德一同醒來、在海邊的露台悠閒地吃著早餐，她似乎能夠看透龐德的寂寞與疲倦，但龐德卻一點也不了解她。即使了解，對劇情進展也沒有幫助，龐德想知道的，只是這個女人，到底是來幫他的，還是害他的。

不需要知道的，是這個女人是否眞心喜歡他。

龐德從來沒有想過眞心問題，所以龐德不需要知道，也不在乎。

但他眞的很想知道。

「都對，但不是只要有錢就行，你還要求很多別的東西。」

「比方說。」

「愛，還有趣味。」他說，「這是很高的要求，不過我覺得還好，因爲你也滿適合的，愛，與趣味。」

「多講一點，天才，這樣講下去我說不定會願意替你脫鞋子洗襪子。」

「女人眞可怕。」

「我覺得還好。」

他改變姿勢，餐巾掉到地毯上，他彎腰的時候，看見她穿著涼鞋的腳，腳趾甲修得乾淨漂亮。他多看了兩秒，因爲他發現自己從來沒有好好看過她的腳趾。趾甲上搽了顏色的部分以下，新長出來的乾淨趾甲有一點長度了，表示她已經很久沒有給人修趾甲。

他將身體扳正，將餐巾放在桌上。

「重點是，」她將身體往前傾，手肘靠在桌子上，他就像其他男人一樣，很自然地將視線落在她的胸前，她在米色洋裝下穿著鵝黃色的內衣。記憶中有她的每一天，她永遠都會穿著內衣，不管脫下來幾次。

「重點是？」

「內衣與書，」她自然到不行地講著這些電影台詞般的言語，她側著臉讓陽光透過玻璃映照在臉上，墨鏡下的眼睛，好像看著窗外，又好像盯著他看。「是怎麼演變成，保險套與香菸。」

「演變。」

「這中間我做了什麼，」她用手輕輕抬了下墨鏡，讓他看見自己的眼睛，她正意味深長地看著他，不是在看風景，也不是在看人潮，「這中間，你又做了什麼？」

他做出恍然大悟的表情。

「我知道，」他乾笑了一聲，「發生了很多事。特別是沒有保險套會怎麼樣，我很清楚。」

她咯咯笑起來。

「女人眞的是很可怕。」他搖搖頭，「特別是會笑的那種。」

「我原諒你的無禮。」她隨便他講，微笑地聳聳肩。「你還要吃什麼嗎？」

「再來點茶。」他輕敲空了的茶壺說，「你什麼也沒吃。」

她沒有理會，只是努力想叫住忙碌地在過道上衝刺的服務生，任何一個都好。但他們總是能巧妙避開客人的視線，專心一致地往前衝，往廚房送碗盤、往鄰桌送菜，就是不會看見她的召喚。

「我昨天晚上做了夢。」暫且不管她的無助，他輕描淡寫地講起來，「夢到我們兩個被活逮……我想站起來，卻怎麼也爬不起來，手腳不聽使喚……」

「你又沒睡好。」她暫時放棄加點腸粉，「連續兩天睡不好，手腳就會不聽使喚。」

「但是我其他的部位還是很聽我的話。」

「好像是。」

「總是起得很早。」他放下憂慮的神氣，露出笑容說，「你知道的吧。」

「是啊，眞有精神。」

她像在講自己兒子的足球表現那樣地回應著男人的性暗示。他觀察著她的表情。爲什麼我會這樣覺得呢？他又陷入內心的對白，她根本就沒有兒子啊。

「是我多想了。」

「我一直想問你。」她把身子往前傾，她的髮梢即將垂到醬油碟旁邊油膩的桌面上，他下意識地伸手把髮尾拎起來。「把我們兩個活逮的，他們到底是誰？」

「在我的夢裡？」

「嗯。」

「飯店的人，不過他們穿著軍服。」他知道這景象有點荒謬，吃吃地笑起來。

「你又在編故事了。」她往後靠回木頭椅背上，「解放軍不管這種事的。你知道嗎？他們很忙的。」

「我知道，所以是個噩夢，就只是個噩夢而已。」

「我希望你開心點。」她說。

她溫柔地說話的樣子，他不太熟悉，也許她只是要證明自己也可以溫柔地說話。也許只是演技。

也許她是眞心的。

「我們在度假啊。」她伸手蓋在他的手背上。

「你的朋友來了。」他看著人來人往的樓梯口，肯定地說。「我該走了。」

她看著快速戴起墨鏡起身準備離去的他。

「你知道，你不需要迴避。」

「還是不要吧。」他避開她的視線，從走道的另一邊安靜地離去。她看著他離去的背影，那略帶神經質的走路方式，好像對自己的四肢不太習慣，但他看來又很習慣這樣的不習慣。「爲了你好。」

「如果眞的是爲了我好的話。」她看著他消失在樓梯口的背影，喃喃說著。

她回頭看著那個方向。一高一矮兩個人往廊底這方向走來，外面陽光照耀著他們的臉不清楚，但鮮明的個性卻一覽無遺。

一定要用淺白的語言描述那兩個人的話，就是龐克馬賊和日系名模。是朋友介紹的朋友，用台灣人的邏輯來說，朋友的朋友，就是我的朋友，第一次見面，就已經是朋友。

馬賊眼睛細長，看得出來眼神有銳利的本事，但是經常收斂起來。頭頂梳得光亮，把頭髮紮在腦後，有趣的是側面，兩邊的頭髮剃得乾乾淨淨，露出青白色的頭皮。總覺得他該有匹四肢粗壯的愛駒栓在樓下。

至於名模，就像日本分齡時尚雜誌二十歲前半族群必讀系列的封面模特，身材嬌小但比例修長，皮膚白皙光滑，每一叢髮尾的捲度都恰如其分，沒有笑的時候就有張笑臉。

「我一眼就認出你，超好認。」馬賊大步走來一甩頭頂的髮辮這樣說道，名模快步地跟過來，細緻吹整過的髮尾隨著腳步擺動著。

「人家說了我什麼。」她笑著問。

「我有在雜誌上看過。」

她拍下額頭：「該不會是……」

「嗳。」馬賊說。

「你怎麼一見面就沒禮貌？」名模說。

「我就這德行，你不是早就知道了。」馬賊說。

「他是這德行。」名模對她說。「你的朋友走掉啦。」

「何必走掉呢，這麼帥。到底是像誰呢？想不起來。」

「不是說這個的時候吧。」名模拉了他的馬尾。

「裘德洛，還是布萊德彼特？」馬賊繼續看著樓梯口思量著，即使他已不見人影。

「人家頭髮不是金色的，是咖啡色的啊。」

「噯，那就是柯林法洛。」馬賊轉回頭，「怎麼一溜煙走掉啦。」
「害臊吧。」她輕描淡寫地說。
「在生氣吧。」名模說。
「沒有吧。」馬賊說。
「有一點。這樣比較好。」她說。「坐啊，別站著。」
「來點腸粉，蝦的和素的都好吃，」名模細細柔柔的聲音對兩人說，跑堂快步通過的時候突然換上一副喉嚨大喊著：「點菜啦！」
她笑了起來。
「不好意思。」馬賊說著。
「不這樣他們聽不見的。」名模又換回細細柔柔的嗓音。
「原來如此，我剛還苦惱著，怎麼都叫不來。」
「忙起來就聾了。」
「共產黨。」馬賊說。
「不要這樣講。」名模說。
她瞄一眼四周，「講了會怎麼樣。」

「倒是不會怎樣。」馬賊一攤手。

名模斜眼瞪了馬賊一眼。

跑堂的叫了點菜的夥計過來窗邊，他們點了各種腸粉，各種充滿水果味的冷飲，和各種內餡的燒賣和小籠包。

她昨天胃弱了一整天，什麼都不吃不下，今天卻什麼都裝得進肚裡。

是不是看見南方食物，南方的胃才會醒來。在這以前，她從來沒有這麼清楚意識到，自己是南方人。但在燒賣和腸粉面前，她比誰都清楚。

就算外面是四十度的沙塵滿天，我也能吃下整籠蟹黃小籠包和豬肉燒賣。大吃大喝的才是眞正的我。日常生活中的我，老是喊肚子餓，不吃飯就不願意做事，是個好吃鬼。就那麼一天，他就會認爲我是爲了保持苗條節食到厭食的女人，我在他心中只會留下這麼可悲的形象，眞氣人，爲什麼就是只有昨天我會那樣呢。她鬱悶地想著。

「喂，別玩小籠包。」馬賊說，「湯都流出來了，那是精華啊。」

「你怎麼叫人家喂。」名模說。

「沒關係。」她說。

燈亮、燈熄，燈又亮了。她閉上眼睛。

主持人在後面的私人化妝室裡上粉，她總是要化妝師再多上一點粉，她忍不住想要，但是那麼厚的粉底，在這樣的燈光下，只會變成一片死白。加上她那愛不釋手的藍紫色的挑染髮型，後果不堪設想。

但是沒人敢去跟她說。

麥克風試音，一支一支來，主持人那支，特別大聲。

放場外排隊的觀眾進來。那些孩子看起來就跟其他城市喜愛偶像的青少女一樣，手上拿著印著偶像照片的旗子，臉上帶著武裝的表情，既不想被認爲崇拜偶像，卻又無法克制想要見到偶像。

他們吵吵鬧鬧地排隊坐上不太穩固的木製看台。分成三列上中下，他們討論著等會該呼什麼口號。

「別看他們現在活潑得。」帶著監聽耳機的馬賊說著，「等會 action 以後，他們就安靜得像修女，要什麼效果沒什麼效果。」

她呵呵笑起來。因爲不關她的事，所以她聽到好笑的事只管笑就是，假期眞好。

五彩霓虹燈轉動起來，主持人出場，因爲觀眾太過冷淡，只聽見工作人員努力尖叫。

歌星跟著從夾板搭建的布景後面出現，走下裝滿小燈泡的階梯，盡量穩住音準。

看見偶像的青少女們，枉費剛才的協商，竟然怯場了。她們太介意攝影機的存在和電視觀眾代表的社會意識，她們的尖叫與熱情還需要學習，現在只能卡在喉頭。

她也只好幫著拍手尖叫。

沒有噪音的綜藝節目，就像傳教場合沒有信眾，神蹟是絕對不會在這種場合降臨的。

壓軸的歌星，是二十一歲沒什麼腦袋臉蛋比女生還漂亮的小夥子，他對著三十個觀眾唱歌的表情像在開萬人演唱會。才華只有一點，但傲慢卻很多。

女主持人不喜歡這個自我膨脹卻連站好都不會的小明星，臉上的妝更加慘白。

她不忍心聽他們毫無交集的訪問內容，默默地站起身，踩過滿地的電線，與守著門的公安擦身而過。站在鐵門兩側一左一右的兩名公安，表情柔和入迷地看著台上的歌星唱歌，他們頭頂的標誌寫著：不准在此吃飯／吸菸。

她坐在攝影棚外走廊轉角的吸菸區，把菸灰輕輕抖進充當菸灰缸的仿製青花瓷盆，靜靜等待著那馬賊與名模介紹的嚮導，來帶她進胡同。

「他專管胡同大小事，尋親、尋仇、買屋、買骨董。這個大哥什麼都知道。」馬賊說。

「經常有台灣朋友請他帶路。」名模說。

那個她還不認識的嚮導，是她朋友的朋友介紹給她的朋友。

在她的家鄉那個島上，朋友的朋友，就是我的朋友。

她和馬賊與名模，已經馬上成爲了朋友。

於是那素未謀面的嚮導，也已經成爲她的朋友。

13 身分

「他們有沒有跟你說過，沒人比我知道胡同，」嚮導說。
「有。所以我才請問你。」她說。
「但我可不是本地人。」
「那您是哪人？」
「我是湖南人。」嚮導有著輕微的腔調，四聲稍微往三聲傾斜，不知道是鄉音，還是京城的影響。「您去過湖南沒有？」
她搖頭。
嚮導是個面孔忠厚的短髮男人，動作俐落，一副早已習慣辛勤工作的架式，身上帶著因爲奔波產生的淡淡汗味，斜背布包的背帶收到最短，他把包包挾在腋下，平穩地蹲在牆邊。

「那你就是我的第一個湖南朋友。」她說。

「台灣沒有湖南人嗎？」

「沒有年輕的。」

「啊，那當然。」

從蓋住腳下那塊煤炭的透明玻璃上，看得見自己的裙底。但她並不是很介意，只是稍微往後坐了一點。這樣一來離那當成菸灰缸的瓷盆又遠了一些，於是她又往前坐了點。

「我聽他們說過了，你要找的人。」

「認識嗎？」

「不認識，但我大概知道。只要大概知道，我就能幫你找到。」

「你怎麼知道這麼多呢？」

「我拍過紀錄片。」

菸熄了一陣子，他們又互相敬菸，點起來抽著。

「我說你第一次來，一定沒見過這個東西。」

嚮導從腋下的包包裡拿出暗紅色的小本子。她借著走廊上暈染的黃光，探頭看著上面燙金的字體。

「這是暫住證。」他翻開小本子，「你看像本護照一樣。」

「是像身分證那樣的嗎？」

「身分證是身分證，暫住證是像我這種鄉下人到京城工作一定要辦的。」嚮導打開本子，「你看有個字母，要是C等，就是來京未滿一年，有合法收入來源的人。」

「你是B等。」

「這表示我住了超過一年以上了，或是你有棟房子在這，也都是B等。」

「你沒有房子嗎？」

「當然沒有。」

「那A等的？」

「我還沒見過呢。」

「嗯……」她思索著這個新的概念，她來自一個小島，不知道管理一整個大陸的人口有多困難。「借我看一下。」她拿過來翻了翻。

「是吧，沒什麼特別的。」

「不，整個都很新鮮，我都不知道。」

「他們說你見多識廣，那我跟你請教一下，我只聽說在歐洲那裡，不同國家之間也能自由來去，世界上有沒有哪個國家自己的國民在國內旅行，還要辦這個證那個證，過期了還要被遣返的？」

「遣返去哪裡？」

「回鄉去。湖南人就回湖南，山西人就回山西。」嚮導收起本子小心地放回包底，

「那你知道，要是抓到民工，身上沒幾個錢可以搭火車，你說怎辦？」

「站著搭火車？」

「站著也要買票啊。就叫他去挑磚頭賺錢，賺到火車票的錢就讓他回去。」

「回去以後怎麼辦呢？不是爲了掙錢才離鄉的嗎？」

「所以過沒幾天又攢了些錢回城裡打工啦。」

「那暫住證？」

「還是沒錢辦。」

她突然想到：「說這些話，眞的不要緊嗎？」

「不要緊，你看他這德行，還在大街上跑呢。」嚮導指著馬賊剃光兩側頭髮的囂張髮式。

棚內傳來異常響亮的歡呼聲，觀眾們呼起了先前排好的口號。馬賊一手摘下耳機往旁邊一丟，一手從菸盒裡抖出一支菸夾在嘴上向兩人走來。

嚮導幫馬賊點起菸，當作是見面的問候。

「怎麼突然開竅了，觀眾。」她問。

「媽的，一停機就全部生龍活虎鬼叫鬼叫，一開機又乖得像綿羊，排觀眾錄影根本就是浪費。」

嚮導轉頭回她的話：「你看像他這德行都還行呢，大人們沒空裡我們講小話，只要不跟外人跟媒體說，都沒事兒。」

「對，你跟我，都不算外人。」馬賊吐出煙霧，「我們只是化外之地，但不是外人。知道嗎？」

她帶著懷疑的表情，還是點點頭。

「像這一塊吸菸區，從這塊磚，」馬賊用腳比著，「陝西張掖拿來的這塊黑煤，到那邊的牆邊，也都算是化外之地。」

「我告訴你，這個京奧大日子，全城裡的軍警只怕比遊客還多。他們都知道，像這副德行的人，」嚮導指著馬賊，「頂多是講些風涼話，真正要防的不是這種小貨色。」

「哪有比遊客還多。」

「那是制服的，你看那廣場上的遊客，沒準有一半兒都是公安。」

「那要怎麼分辨？」

「分辨？簡單，你到廣場正中央，拿罐礦泉水，就這樣往頭上倒，啊，包管你水還沒有滴到頭頂，你就被撲倒制伏了。」

「不能往頭上倒水？」

嚮導壓低了聲音，雖然沒什麼差別：「這前幾天就是有一個異議分子往頭上倒酒精，給自焚了。」

她點點頭，「我改天試試看。」

剛與偶像握手合照完，試著平復激昂心情的青少女觀眾們，經過他們身邊魚貫走向出口。她們太過欣喜，一方面又暗自感傷，不知道下次再見到偶像會是何時。

「大概沒希望了。」她喃喃地說。

「什麼？」

「那個唱歌的小男生，你不會再發他通告了吧。」

「不會。」

「主持人不喜歡他，又沒效果。」

「這位女士，」馬賊指著她對著嚮導說，「真能一眼視穿哪，你可要誠心招待她。」

「我當然都是誠心的。」嚮導唉呀一聲，「暫住證都給她驗過了。」

「那你有沒有說上次那個吹小喇叭的故事？」

「沒有，」她趕緊說，「我要聽。」

一個像這樣的八月炎夏的早晨，想賴床也會被蟬的吼叫給轟醒的早晨。暫住京城的這個小喇叭手穿著拖鞋，半張著惺忪的睡眼，勉強跨過門檻到巷口買油條吃。賣油條的忙著跟大媽商量著下一次街坊遊行的時候，他能不能贊助一些零食。小喇叭手一邊搔著很久沒洗的長頭髮，一邊想著昨晚那個女人豐腴的身體。肩膀被人用力拍打了一下，他惱怒地一回頭，是個年輕的公安，制服上的漿都還沒變形。

「暫住證呢？」公安冷冷地說。

他討厭人在大熱天冷冷地說話，他是個熱情的人。這公安見他連鞋子都沒穿好，以爲準能抓出個非法居留。

「眞不巧，」他從短褲口袋裡掏出證件，新辦好的比那公安的制服還新，「就在我這破褲子的口袋裡。」

他不記得自己有沒有加上一聲哼。

那公安拿過證件，翻了一頁，再多翻了幾頁，空白的，接著在他面前把一本證件撕成四塊。封皮很硬，那公安使了不少勁，但確定變成四片的證件是不能證明什麼了。

於是，暫住的小喇叭手，才華洋溢地，被趕回了他的家鄉。

那天晚上使館區的爵士酒吧裡，暫時就沒有小喇叭手。

「眞傷感。」她說。

「您眞重感情。」嚮導說。

「但是他一個月以後又辦好證件回來了。」馬賊說。

「那太好了。」她說。「那你要看台胞證嗎？」

「他看過很多次了。」馬賊說。

他們各自把自己的證件妥善收好。

「Your pass.」制服警衛簡短地下令。

他不再計較句型的禮儀是否恰當，開始習慣這裡普遍通行那種有效率的溝通方式。一個口令，一個動作。沒有惡意，也不需要多餘的善意。

他拿出昨天領到的工作證，連同自己的護照。已經有人告誡過他，一張附有照片的通行證是絕對不夠的，護照一定要隨時準備妥當，在第一時間就要亮出，在任何質疑的眼前。

「通行證呢？」制服警衛對他的謹愼視若無睹，冷漠地問著。

還有一張，對，他在背包底層翻找著，從素描本的夾頁中找出了通行證。

通行證，清楚區隔了他在場域內的有限權益。哪個區可以待，哪個區不准。

「你不能從這兒進去。」警衛把證件重重地按在他的手上。揮了揮手，叫他離開。

「爲什麼？」

「這不是你能到的區域。」

不知道為什麼，他並沒有太過訝異，也沒有驚慌無助。他拿起手機撥給丹尼，不管什麼事情，總是有丹尼幫他解決，一向都是如此。

「我告訴過你千萬別遲到。」丹尼在電話那頭，聽得出來努力按捺怒火，故作平靜地責怪他。

「我知道，我很抱歉。」他說。他是真的非常的抱歉，每一次都是。

「在那裡等著，我會想辦法。」丹尼說完便掛掉電話。

他帶著認錯的安分，把烈日曝曬當成對自己的懲罰，安靜地等對方的消息。

「你不能在這裡待著。」警衛說，「閒雜人等不許逗留。」

「他們叫我在這裡等著。」

「這裡不能等人，快走。」

「我不知道還能去哪裡啊？」他忍不住提高音量。又馬上覺得自己不該如此。

在警衛還沒表示不悅或是堅持的時候，他看見丹尼，從遠方搭乘著場館工作車駛近。遠遠看起來，丹尼坐在那小車子上，就像搭乘著高爾夫球車前往果嶺一般的模樣。只是這裡一根草都沒長。

車子在距離入口十公尺遠處停下，丹尼下車向他走來，既沒有穿高爾夫球衫，臉上也沒有高爾夫的表情。丹尼的表情，就像壓抑著怒火到警局保回鬧事兒子的父親。

他們隔著檢查哨，沉默的幾秒過去，沒有人先開口問好。

「對不起。」他說。

「你不是小孩子了。」丹尼說。「你來這裡，有任務在身。」

「我相信你們沒有我也可以一切順利。」

「先生，」丹尼閉上眼睛，再度睜開的時候，依然不知道該怎麼說，「你不是小孩子了。」

「我知道。」他說，「對不起。」

「所以問題出在哪裡？」丹尼問。

他就像每個等在警察局等著父母帶著責怪與怒火來解救的少年一樣，胸中有兩股情緒互相對撞著。既仰賴著父母的解救，讓他從公權力的牢籠中解脫，但想到從這牢籠中出去以後，必須回到另一個更難掙脫的牢籠，那裡有強大的血緣牽絆和義正詞嚴的責任歸屬問題，所有的怨恨都以愛出發，並且因爲愛使得每一件事都更加複雜。

愛與責任。他想，什麼東西嘛，熱昏頭了。

他後退一步，偷偷在背後把通行證塞進口袋。

「我沒帶通行證，放在飯店。」

「你什麼？」

警衛站在他背對的這一面，一邊中立地看著他的動作，一邊繼續有效率地檢查著進入的各色人等，工作證、身分證、通行證。

「我眞的不是故意的，我知道你提醒很多次的，工作證、身分證、通行證。我帶了工作證，也帶了護照，就是……我也不知道怎麼會，忘了通行證。」

丹尼摘下眼鏡，用力地揉著臉。再戴起眼鏡，但心情並沒有變得比較好。

「我就知道。」

「對不起。」

「馬克說如果我讓你來，一定會發生這種事。」丹尼繞著自己的影子踱步，搖著頭，「我該聽他的。」

「你們這樣說我？」他有點受傷。「我跟你們一起工作了三年，從來沒有發生過這樣的事情……你們都是這樣想我的嗎？」

「對不起，我不該說的，我知道，這是意外。」丹尼說，「我收回剛才說的話。」

「你已經說了。」他往後幾步，幾乎忘記自己剛才使的小把戲，讓負面情緒淹沒自己，轉身往外大步離去。

「嘿！」丹尼在禁區內對著他的背影大喊。

他沒有理會，也不管自己通行證是否從背後的褲袋裡露出馬腳。他只是大步走著，方向，不知道，他只知道要往「外面」走。

他知道自己每往前再走一步，在這個國家就更加孤立了一點。但是他已經不能回頭了，到了這個年紀、這個階段，大部分的事情，都不能回頭了。

有人從後面拉住他的胳臂，他回頭，是那個制服警衛，近看他那年輕的臉孔，他發現三天下來，他已經習慣這些年輕的臉孔與制服的組合，他不由自主的恐懼已經悄悄地消失了。

那是好事。

「車在那一頭等。」警衛指了另一個方向。

他坐在強冷車廂中等了一會兒，等著車開。車上幾乎已經滿座，不知還在等著誰，慢吞吞的什麼人。

這種時候，什麼都不想，是最棒的。在這一點到那一點的中間，沒有過去，也沒有未來，什麼都不想，盯著窗外反射著烈日、交錯盤纏的堅硬鋼骨，幾秒鐘後眼睛就覺得刺痛，閉上眼時，漆黑的眼前彩色的星星暴烈地衝撞。那是鳥巢。他告訴自己，好像在對一歲的嬰兒說話。

如果我眞的是嬰兒。他知道，眞正的嬰兒，什麼事情都是新鮮的，同時，所有的事物也都是理所當然的，既然已經存在，就是合理的。嬰兒的世界是這樣，現在的他，在三天的曝曬以後，也差不多是這樣。

被椅背擋住的車門處似乎騷動起來，他探頭看著，帶著鐵製雙腿的女性，在眾人無法克制的注視之下，靠著拐杖的力量努力爬上小巴士的階梯。

全車的乘客靜靜地看著，坐在第三排靠窗的他，也許不該多事，他想著。

第二排的男性首先站起來，對那瘦小掙扎著的女性伸出手，那女性正忙著使勁，抬頭看到男性的手，她急躁地說著：「我自己可以。」

男性有點氣餒地回到座位，眾人的注視轉向那位男性，是啊，人家可以靠自己啊。

他淺淺地笑了，回頭再去看著窗外發光的一切。

同時他也有點想哭。

要是他眞的是個一歲的嬰兒，一定不會同時笑著又想哭。只有成年人才會在笑的同時，突然感到悲傷。

那就證明了，我終究還是一個成年的大人，活在這個世界上。

14 爺讓你聽戲

她站在胡同口，瞪著胡同底瞧，她想著馬賊那副德行，他會這樣說：「就算你把眼珠子都瞪出來了，這胡同也不會變成直的。」看不穿就是看不穿。

「眼睛一直看著塔，看見十二號右拐，左邊見著槐樹，右邊有影壁的四合院，影壁上畫了幾隻鳥，不怎麼好看，但看得出來是鳥。」嚮導這樣告訴她。

「影壁是什麼？」她問道。

「就是擋著不讓路人看見你家院子的一面牆。」嚮導說。

她還想問問槐樹長什麼樣子。但嚮導已經匆匆忙忙丟掉菸頭，背著他的工作包，與他的汗味一同遠去。

什麼嚮導，還不是隨便說說，沒人比你更知道胡同。結果還是得靠自己，像個無助的沒人要的小孩一樣。

我今天有的是時間。她想。

她眼睛盯著塔，就那樣往前走，深怕一不注意塔就給看不見了。

走了五分鐘左右，經過一個公廁，十間左右大小新舊屋子，她停了下來。一座新起的旅館擋住了塔。一看門牌，正是十二號。

沒那麼難。她對自己說。

只是右轉以後，左右都沒有半棵樹。既沒有不知道長什麼樣子的槐樹，也沒有其他的樹，光禿禿的一棵樹也沒有的巷子。遠方有間院落門外，坐著各種年齡層的居民六七人，和四個蓋上的鳥籠。看起來是爺爺和爸爸的人對坐著下棋，女人坐在旁邊的凳子上幫嬰兒搧涼，其他人安靜地觀棋。

她湊近過去，不敢說話，只有跟著看棋，看樣子這局還得下很久才能輪她問路。觀棋的其中一人看了她一眼，沒興趣地又將視線轉回棋盤上。

只有耐著性子等。正當她有這樣的覺悟時，衣角被從後面拉了一下，是那個抱嬰兒的女人。

女人不說話，只是指著一個半開著的大門，正確地說，不是半開，是只有一邊的門板。

「謝謝。」她輕聲說。往那道門走去，走到門前時，看見了影壁。上面確實是畫了花鳥。

確實也不是非常漂亮。她心想。但總之住裡面的又看不見牆上畫的鳥，誰會計較那麼多。

走過影壁，安靜得像另一個世界。

她小心地踩過上個世紀仔細鋪上的石板，聽著院落裡似有非有的鳥叫聲。鳥籠掛在屋簷上，不怎麼活潑的一隻畫眉。半天都不作聲。

她等著聽畫眉唱首歌，卻聽見三弦聲，稀落地撥了幾下，又停了。轉過頭去，老太爺微笑地坐在廊下，好像看著她，又好像只是看著空氣。

她看看四周，院裡什麼人也沒有，屋裡也不見人影。

錚錚錚，老太爺撥了幾下琴：「客倌—聽—戲—。」聲音細軟地，既不像男人，也不怎麼像女人的聲音，大約介於中間。

她下意識地看了一下老太爺的腳下，邊都毛掉了的馬褂下面，兩隻腳是有的。不是鬼就行了。她懦弱地這樣想。

錚錚錚，老太爺又撥了幾下：「客倌—免—費—。」

她依然不知如何是好。

錚錚錚，錚錚錚錚，錚錚，眼看他眞的要唱起來了：「老—北—京—。」這可怎麼辦，有點麻煩了。她想。總得說要唱哪段戲客倌才能決定啊，老爺。

「他看不見。」無人的走廊上傳過來女孩的聲音。她循著聲音找，對開的木窗台上，女孩把一張小臉擱在那，睜著像彈珠一樣圓滾滾的黑眼珠往外瞧。

「你是誰呀？」她問。

女孩閉上嘴不說話。

「你一個人在家啊？」她又問。

「不是一個人呀。」女孩說。

「大人呢？」

「爺不是大人嗎？」

她回頭看了一下老太爺，也許有點太過大人了。

「沒別的人了？」

女孩搖搖頭：「沒了。」

「你怎麼沒去上學？」

「沒事兒幹。」女孩帶著提防的表情說著。「他們去彩排跳舞。」

「那你怎麼不去呢？」

「我請病假。」

「你看起來還好啊。」

「老師幫我請的。」女孩這樣說完，就把頭縮回窗內，把對開的窗扇闔上。

她聽著細碎的腳步聲移動到門後，門上的毛玻璃一塊塊有著不同年資的顏色，女孩打開門，身高眞的就只有窗台那麼高，看起來只有七歲左右，但是表情卻成熟很多。

「你要找我爸，我帶你去。」

「你怎麼知道我來找你爸？」

「這裡除了我爸，就只有爺。」

她轉回頭看著老太爺。

錚錚錚錚，錚錚錚，錚錚錚，錚錚。

「那你帶我去吧，找你爸。」她對女孩說。

「等會，我換衣服。」

女孩往屋裡跑，跳上椅子對著鏡子裡快速梳了頭髮，又跑到外面來對著在基石上坐下的她說道：「你說今天該穿什麼顏色？」

「這麼好的日子，你身上這紅色不就好了嗎？」

「我想跟你一樣穿裙子。」

「那就找件紅色的裙子。」

她們走在一切無事只嫌蟬太吵的胡同裡，拐過個尋常的彎，就遇上了成群的觀光人潮。

「牽手吧，我要是把你弄丟了，怎麼跟你爸說。」她對女孩說。
「我不會弄丟的。」
「我會弄丟啊，拜託你了。」
女孩握住她伸出的手。
「你的指甲是誰畫的？」女孩羨慕地說。
「是我自己畫的。」
「連這些珠子都是自己貼的？」
「這不叫珠子，這叫亮片，是自己貼的，有在賣這樣的東西。」
她說到這裡，女孩依舊兩手捧著她的指甲專心地研究著。
「你想試試看嗎？」
女孩開心地笑起來，又想起什麼，收起了笑容。「不好，我爸不喜歡。」
「那就等你長大點再說吧。」
「要多大，十歲？」
「我看……大概要比十歲再大一點吧。」
「那你又是幾歲？」

她笑起來，「你猜啊？」
「我不知道。」
「知道爸爸幾歲嗎？」
「三十五。」
「他告訴你的？」
「做作業問的。」
「幾年級的作業？」
「一年級。」
「那你過完暑假要上幾年級？」
「二年級。」
「所以啦，你爸爸應該是三十六歲啦。」
「那你也是三十六歲嗎？」
她笑得更厲害。「你看我跟你爸差不多老嗎？」
「不會，你像我一樣。」
「跟你說，我的年紀，在你的年紀、跟你爸爸的年紀的，中間的某個地方。」
「正中間嗎？」
「我倒希望我有那麼年輕呢。」她低頭看著女孩，「如果是正中間的話，知道那是幾歲嗎？」

女孩把手抽回，好把十指拿來數數。

「不知道。」女孩放棄地說。

「是二十二歲。」她算了一下，「我比二十二歲老一點。」

「二十三？」

「錯。」

「二十四。」

「你怎麼土法煉鋼啊？」

「那是什麼？」

「土法煉鋼啊。就是……呃……噯，是不是在下雨啊？」

「啊，你看那個，我想看那個花，可以進去嗎？」女孩指著店鋪的櫥窗驚喜地叫著。

午後局部陣雨和舊房子改裝的創意市集救了她。

她站在胡同的小店門口，屋簷很淺，她努力地往裡站，黃色的水從每個方向沿著巷道地面的石磚縫隙流向她，她退後站上窄小的台階，看著黃色的水流。

身後的門被推開：「您先進來等會吧，等雨停了再走。在裡面等不要緊的。」小店的店員對她說。

她坐在靠近窗戶的沙發上，旁邊還有其他等雨停的客人。

這是一間賣自創商品的小店，一系列保護胡同的標語，印得斗大的字在T-shirt上，革命標語做成的徽章也是很受歡迎的紀念品。過了弄堂的櫃台裡面是咖啡座，照著舊樓的建築，裡面的廳堂有閣樓，採了天光，雨打在天窗上，擋不住七月底的烈日，熱呼呼的蒸汽從地面上釋出，過了十分鐘，開始有點涼爽的趨勢時，雨勢就減緩了，從嘩喇喇變成滴答答，最後只剩下屋簷邊垂下幾滴殘留的雨珠。

她想既然來了，就問問看有沒有廁所，有，在樓梯下。

她走進那勉強搭建在剩餘空間裡的小廁所，在身後把門關上，膝蓋就碰到馬桶邊了。面前一張紙條大大地寫著「No Shitting 不准大便」。

還眞辛苦。我跟大家一樣喜歡胡同，想要硬挺著胡同在這現代化的世界活下去，但是不知道胡同他老人家喜不喜歡這現代生活呢？

出了廁所，雨就停了。

女孩手上拿著汽水，正從吸管享受地吸著甜味。

她在櫃台付了汽水的錢。拉著女孩往外走。

「我不能去。」女孩拖著她的手說。

「爲什麼？」

「我爸說我不能過橋。」女孩說。「我在這等你。」

她看著女孩小巧而伶俐的嘴臉。這臉長得漂亮的小鬼的爸爸大概只有乖乖聽她使喚的份。

「你在這不會無聊嗎？我以爲你要帶我去玩的。」

「我在這看電視。」

「那我迷路了怎麼辦？」

「不會的，你從第二座橋過去，一定找得到的。」女孩的視線已經完全黏在電視上的轉播節目。這是火炬最後一次在水上的傳遞，走過了運河，明天就要回到京城。

她正要往外走，又折回來，「你待在這裡，千萬別亂跑啊。」

「不會的，一定等你回來。」

她跟店員說：「等我回來，別讓她出去。」

店員和藹微笑地應著，眼睛依然盯著電視。

她從空調中的室內一下又進入嚴苛的暑氣。

在第二座橋過了水，沿著左岸酒吧一間間看著，找著女孩講的那「一見便知」的線索。

酒吧外叫客人的青年們，看見一群群的遊客莫不使出渾身解數，想說服那些人，在這一排幾百家酒吧裡我這是最舒服、飲料最好喝的地方。但見到她這樣一個人在路上張望的路人，便連開口招呼都懶。畢竟夜生活是群眾活動，不是個人活動。

一個女人下午四點走在酒吧之間，是有點奇怪，但也不是不可能。畢竟這座湖邊奇怪的事本來也不少。

她在門口有著西藏唐卡裝飾，裡面客人少少的酒吧停了下來。

門外站著的是顴骨高聳、皮膚黝黑的青年。

「來點人吧，女士。」青年有氣無力地說著。

她想自己勢必得進去，不是因爲那青年的招呼，而是她面前這塊牌子上寫的一行字：台灣紅星特別演出。

「晚上才有節目。」青年說。「天氣熱，喝點冷飲坐會兒。」

她無視於青年的招呼，跨進被踢得破破爛爛的門檻。

裡面的空氣陰涼，不知道是因爲空調，還是因爲冷清。

「張先生在嗎？」

「哪個張？」櫃台後的人影應她，她眼睛還沒適應黑暗，看不清那人的臉。

「教音樂的。」

「你找他做什麼。」

「台灣人？」

「我是他親戚。」

「親戚？」那人從黑暗中走出，和門口的青年一樣的濃眉和明顯的顴骨。

「台灣人。」

那人思考了幾秒，說：「看起來不怎麼像啊？」

「是長得不像。」她想把這個話題先打住，「他人在這裡嗎？」

「不在。」那人冷冷地說。「沒聽他說你要來。」

「他不知道我要來。」

「他不知道。那你怎麼肯定他想見到你？」

「我不肯定。」

「你一定不是爲了看他來北京的。」那人歪了嘴角微笑起來。「有什麼內情吧？」

她短暫遲疑了一下，決定直接說眞話比較簡單。

「來見個人。」

「待幾天？」

「四號晚上來的，明天就回去了。」

「是男人吧？來發奧運財的？他出錢？」

「問這幹嘛？」

「那還在這幹什麼？去陪他。」

「找完人之後就會去陪他了。」

「老張不在這，他好久沒來了，誰告訴你這裡的？」

「他女兒。」

「那小姑娘的話能信嗎？」那人哼地一聲冷笑，「家家戶戶都一樣，孩子只有一個，你知道吧，都給慣壞了。老張特別寵溺那孩子。」

「我不知道。」

「這些孩子都沒有兄弟姊妹，要什麼有什麼，都自己一個人享受。」那人說著，「這娃兒八成是想騙你帶她出來玩。」

「說別人，你自己就沒有慣壞孩子？」

「我可是獨身。怎麼樣，你要是跟了我，可以愛生幾個就生幾個。」那人輕佻地對她笑著，「我是少數民族。」

「外面那個也是嗎？少數民族。」

「他是我弟弟。」

「他也是獨身的？」

「當然，豈有比大哥先娶的道理？」

「那我寧可跟他。」她笑著頂回去，「他不像你這麼多話。」

那人收起笑臉。「回去找你的親戚吧。」

「就回去了。」她依然微笑地說。

她走出陰暗的店內，重新適應耀眼陽光，她適應的速度已經大有進步。她沿著湖畔走原路踏上拱橋的時候，還能感受到少數民族獨身兄弟在身後的注視。

他們也是我認識的第一對邊疆民族兄弟。現在，他們也是我的朋友了。

她想著朋友的意義和價值，在之前來過的小店門前停下，從櫥窗裡望進去，電視前的沙發上，坐滿了路過的客人。

但是喝汽水的小女孩，不在那裡。

她覺得眼前好像冒起了金星。

他覺得頭暈。可能是因爲暑氣，也可能因爲抽了太多的香菸。這兩件事都是他多年前曾經習以爲常，但事隔多年已經不再熟悉的感覺。不知道哪一件才是主要的原因。帶著熱呼呼的五臟六腑抽菸，於是他的身體不再只是發熱，還帶著焦油味和煙霧。很久沒有這種感覺，很懷念。

他問計程車司機，哪裡可以悠閒地坐著，看看人看看景色，悠哉地過一整個下午。司機說交給他吧，又把冷氣開得更大一點。

「可以把A/C調小一點嗎？」

「什麼西？」司機的英語會話小手冊裡，竟然沒有這個詞的解釋。

「A/C，那個。」他指著出風口。

「哎，這已經是最大的了。這天氣實在太熱了，您安靜坐會，就會涼些。」

「我是說，關小一點。」他繼續努力著，他從來就不喜歡冷氣。他寧願流汗，流汗讓身體變輕，他的人生已經夠沉重，他想流汗。

「哎，已經是最強冷的。」司機繼續自說自話。

他再度放棄。跟司機或是制服警衛爭辯，都是徒勞。他學會的。還有這個城市裡的人們十分迷戀冷氣，要開到覺得冷，想穿外套蓋棉被那麼冷，才夠過癮。

電台放著一首好聽的中文歌，那麼好聽，他想，不知道這個女人在唱些什麼。如果她在身邊，也許，她會告訴他，這首歌在唱些什麼。

如果她願意的話。

熱愛冷氣的司機，把他帶到這個湖畔，充滿了熱壞的遊客，賣玩具的小販都是重聽的老太婆，還有星巴克，有廊柱有屋簷，牆壁還漆著正紅色的星巴克。餐廳主人在古厝的階梯前放了色彩鮮艷的沙發和桌子當成露天用餐區。在人行道上放沙發吃飯他是第一次見到，不知道在40°C的艷陽下，陷在孔雀藍沙發裡吃午餐是不是眞的能夠凸顯消費實力。有兩件事可以肯定，第一是坐在那樣的隆重沙發上，前方沒有電視眞的很奇怪，而轉頭一看，從那高度剛好可以同時看見所有行經遊客的腰臀，在重重疊疊的腰臀之間，也許可以看到些許湖面上的波光和遊船。

需要時間適應。他想著。

他沒有食慾吃飯，他想喝的不是咖啡，而是啤酒。他選了第一個門前立著 Beer Happy Hour的酒吧。

點完酒，馬上付錢，只收現金，不收信用卡，但收美鈔。

坐在二樓露台，並不像表面上看起來那麼悠閒。頭上搭了草棚，只是防止雨水和從天而降的鳥糞，40°C的高溫熱氣，並不是草棚能夠抵擋的。他慢慢喝著啤酒，從墨鏡底下看著湖面。聽說荷花不開，是因爲盯著看的人太多。

他在竹椅上盡量伸長腿癱軟著坐。衣服遮不住的皮膚部位開始刺痛，衣服下的身體大量而快速地脫水，汗珠沿著體毛延流在全身，從最裡面一層汗衫開始濕透。有時候他討厭自己的身體，並不是對自己身體的外型不滿，而是討厭人不管到哪裡都必須帶著身體這件事，特別是這種像爬滿毛蟲的時刻。當他對自己的身體不滿，就會把別人也弄得很痛苦，他都知道，但是控制不了。他想現在喘著氣的自己，口氣一定不好聞，但是沒有關係，因爲他身邊一個人都沒有，沒有人跟他講話，他也不需要跟任何人講話。

要是昨天那個好朋友在這裡就好了。他把視線轉向湖的對岸，看著對岸像螞蟻般一個接著一個，來回穿梭的遊人。看得夠久了，就再把視線轉回來。

對面依然一個人也沒有。他的好朋友，不在那裡。

在這裡消磨眞是一個意義也沒有。不管從哪個方面來看，我一點也不開心。他對自己說。何不回去在會員制的游泳池裡游個痛快，然後洗個舒服的澡，在那舒適的房間裡睡一整個下午。就像不久以前的那個下午一樣。

他不想回去，回去也只是看著空盪盪的房間，已經收好的床鋪，想著她到底去了哪裡，交了什麼美麗又有趣的新朋友，用他聽不懂的語言笑得那麼開心。

爲什麼，好像我已經不是我，兩天前那樣輕鬆愉快的心，到哪裡去了？那麼輕盈的我的身體，跟現在這個重得要死的，眞的是同一個身體嗎？

帶她來這裡眞的是對的嗎？他安靜地想著。今天，他是一個人活在這個世界上，他有的是時間思考。

獨自一人活著，原來是這麼孤獨，才過了幾年，他幾乎都要忘了這種感覺。

原來在這個世界上，有兩個我存在著，當那個群體的我心滿意足的時候，個體的我就被遺忘，但是個體的我，並沒有減輕孤獨的分量，只是被遺忘了而已。

陽台上兩張大桌，自己佔了一桌，另一桌坐了一團累壞的年輕人，大家不發一語氣喘噓噓地喝著飲料。

「我的茶一點也不冰。」一個女孩抱怨著。

「你自己說不要加冰塊的。」旁邊的男孩說。從這裡看得見那男孩的手，在桌下牽著另一個女孩的手。

整桌的人都配好對地坐著，只有不要冰塊的女孩落了單。

「但我沒說茶不要冰的。」落單的女孩不愉快地說。

「大概還沒冰透吧，生意太好了今天。」別人的男朋友，不忍心地繼續照顧著落單女孩的心情。

女孩繼續用懊惱的表情喝著茶。熱天讓大家不願多費唇舌，也不再深究自己到底爲了什麼不愉快。

「先生。」服務員叫他，他把視線從隔壁桌下收回，「願意併桌嗎？」

他還沒來得及說願不願意，服務員就逕自讓三個大人和兩個小孩在他桌邊剩下的椅子上坐下來，快速地把簡陋的菜單丟到每個人的面前，站在桌邊等待客人馬上點餐，他便不用多跑一趟。

同桌的兩個孩子，一個已經夠大，能夠自己扶著杯子，從旁邊大人的盤子裡拿東西吃，另一個還坐在推車裡，入座之後，年紀較大的女人把嬰兒從推車抱到腿上，坐在他旁邊的椅子。沒抱小孩的年輕婦人和看起來是一家之主的男人，坐在桌子的另外一邊，女人把自己的手提包放在身旁的空椅子上。

這樣看起來，反倒自己像個後來的不速之客。

他開始想著，爲什麼沒有帶 iPod 出來，我想聽音樂。爲什麼沒有帶電腦出來，我可以上網看點東西。爲什麼沒有把書帶在身邊，這樣至少別人看著我，不是找不到事做的尷尬模樣。路人都會嘲笑孤獨的人，我怎麼忘了。

從前，他只是覺得好奇，這麼多人在這個國家裡，每天過著什麼樣的日子，吃些什麼好吃的東西。他們是不是也老是感到茫然，得到一件東西的時候很快樂，但過了不久，又再度覺得空虛。

點的食物飲料上齊以後，年輕婦人從手提包裡拿出長皮夾，抽出信用卡。

「不收信用卡。」

年輕婦人的嫌惡馬上展現在臉上，但即使如此，炎熱依舊是最有效的緩解劑。她沒說什麼，只是把卡放回皮夾，拿出一張百元大鈔。

怎麼回事，來到這個城市的女人，沒有一個愉快的嗎？又或者，是我身邊的女人，都沒有愉快的？他看著抱在懷裡的嬰兒。是個女孩，她覺得不太舒服，只是她還不知道，這是因爲熱，如果人快要中暑，就會滿臉通紅，喘不過氣。

嬰兒只知道自己要哭。

女孩哭起來的時候，正在撥打手機的年輕婦人就變得更不愉快了。她覺得抱著女孩的年長婦人沒有盡到自己的責任，讓孩子在不恰當的時候哭鬧，打擾到正常的生活。

他忍不住伸出手來，把手伸進嬰兒的袖子，裡面已經被汗水浸濕。

「衣服都濕了。太熱了，她不舒服。」他用英語跟抱孩子的婦人說。不管她聽不聽得懂，一個有經驗的保母一定了解這個意思。

年輕婦人把電話掛掉，壓抑著自己的不悅，假裝有禮地對他說：「先生，謝謝你的好意，可以請你不要用手摸我的孩子嗎？抱歉，你知道，我們不認識你……」

「抱歉。」他收回手，看著不知道從哪個遠方的鄉鎮，放下自己正在成長的孩子的女人，來到這裡抱著度假中的夫妻的孩子們。對抱著孩子的人，難道你們就認識了嗎？

他識趣地留下最後一口已經溫熱難喝的啤酒，抹掉額頭上累積的汗水，給不愉快的一家人一點空間。

站起來的時候，眼前黑了一陣，不過三秒之後，他又恢復了平衡。

15 前夕

這是一個巨大的城市。但一個人能去的地方，卻非常地少。

他出了店門，自然地被人潮推著走。大家的皮膚那麼黏，但誰也不願意慢下來，一點都不想錯過，這個偉大的時刻。

他的手錶沒有調過，也不需要，這裡剛好與原本的時區相差十二小時。下午四點二十分，他沒發覺，身體已經覺得很睏。他早就該回飯店房間裡泡在浴缸裡午休的，不管怎麼樣，畢竟那是他的房間，不是別人的。

他沿著湖畔的圍欄被人群推著前進，要不是這些圍欄，他就要被推下湖裡了。湖水上的浮萍發散著強烈的氣味，從顏色看起來，那水比放久了的啤酒還溫熱，滿載的遊船大力撥開被覆蓋成綠色的湖面，吃水那麼深的船，眞令人擔心。但他已經習慣了，在這個國家到處充滿著令人擔心的做法，但到最後總是會平安無事。

跟著人潮走，不知不覺中轉了好幾次彎，又回到了一開始的入口，國際連鎖咖啡館門前的廊下依然大排長龍。他抬頭一看，太陽已經完全被繼續增厚的雲層阻擋，但他小看了光線的威力，猛一抬頭眼前黑了一片，他閉上眼睛，等小星星完全散去。

就像每一個觀光勝地一樣，就像羅馬廣場的噴水池，紐約中央公園南邊的大門前一樣，這荷花市場外的廣場，也坐滿了人。有當地人，也有外地人。外地人對當地人的生活感到好奇，當地人對於外地人的好奇也感到好奇。

廣場的外緣靠近大馬路的地方，幾個大小孩子正互相用腳把一個小玩具踢過來、踢過去。他們無視於幾步遠就是陷入交通困境的大馬路，對旁邊逐漸聚集的圍觀人潮也視若無睹，只是理所當然地繼續著他們日常的遊戲。專注地看著來回飛舞的物體，那上面插著螢光色的大片羽毛，在幾個人之間劃著完美的拋物線，像隻愛打扮的鳥來回飛個不停。

觀眾繼續聚集，開始阻擋進出市場的交通。

他衣服的下襬被拉了一下，他轉頭，又往下找，一個腰彎得不得了，下巴簡直要碰到自己的鞋尖的奶奶，指著腳前一籃鑲著鮮艷羽毛的玩具，用手比著價錢，他把僅有的幾塊錢跟奶奶買了一個玩具。

「你在這裡，什麼都有的先生。」是前天晚飯桌上的白髮老先生，他才發現老人身高如此瘦小，在高大的保全人員身旁更顯單薄，但老人的聲音卻比誰都宏亮。

「這是我女兒。」老人指著走在身後身材高䠷的女人，女人看起來不老，但是也不年輕，說三十幾也可以，說二十幾也不過分，身體充滿女人味，但顴骨立體的臉看起來反而十分陽剛。女人態度保留地對他笑了一下。

「是嗎，不是你喜歡的型。」老人對女兒說，「眞可惜，我倒很喜歡。」

「不是說人家什麼都有了嗎？」女人應付著說。

「人類是不會因此滿意的。」老人踩著穩健的步伐，往停在路邊等待的黑色轎車走去。護衛小跑步上前去幫老人和女兒開了車門。

「上車吧。」女人走向前座，「我們正要往你的飯店去。」

「我……」他還不確定自己是否想回家，不確定自己是否想要面對等待的空虛。

「走吧，你看看這情景，等會只會更亂，連車都別想搭了。」女人這樣對他說，像母親習慣跟固執又不知所措的孩子對話，這時女人看起來又像四十幾歲的人。

他跟著爬進後座。外表看不出來的是內部的空間很寬敞，他和同樣高大的女人、和同樣高大的護衛兼司機，都能夠不拘束地找到自己舒適的坐姿。

坐定了以後才想起，他手上還拿著剛買的玩具。

車子沉穩地轉上車道，每輛車都在兩個車道之間動彈不得，右邊車道上的想轉到左邊，左邊車道上的想轉到右邊，公交車一輛車有三輛車長，想要靠站卻被卡在各種想要脫身的車陣中，誰也脫不了身。

路中間的制服人員指揮著車讓出空間讓他們的黑色轎車通過，他這才發現原來還有人在維持交通秩序。但每個人似乎都失去所有耐性，包括指揮的人，他正對著那輛讓得不情願的小車大吼。

一直保持著微笑的高大護衛兼司機，微笑而平穩地開上專用車道，跟著前面有著特殊車牌的轎車，一路順暢地走到這條大路的盡頭，把人潮和車陣都擺脫在腦後，然後各自轉往各自的目的地。

「這是毽子。我小時候也玩。」老人說，「不過跟這個長得不一樣。沒這麼大片的羽毛，也沒這種漂亮的顏色。你記得嗎？」老人問前座的女兒。

「我記得，沒這種黃色紅色的毛，都是老母雞掉下來的黑毛雜毛。」女兒說。

「你會玩嗎？」老人問他。

「不會。」

「等會讓我女兒教你。說不定能改變她對你的刻板印象。」

「爸，我沒有對誰有刻板印象。」

車在專用道上奔馳，略過爬滿大街的人潮和車陣，筆直向前。他從來沒有見過比這更加筆直而寬闊的道路，連路邊的行道樹，都跟地面呈直角一般地挺立著。

「告訴我，什麼都有的先生。你有女兒嗎？」

「嗳……」

「幾歲？」

「四歲。」

「有女兒是很難形容的感覺。你要到我這個年紀，才能知道我說的難以形容，是有多難以形容。」

「我想……」

「她小時候，你只希望給她所有好東西，希望她有一天能夠照顧自己，不被人左右，不要讓男人騙。因爲你自己是男人，你知道男人在想什麼骯髒的東西。」

「這我就有點……」

「等到她大了。你又擔心她太過獨立，她的男人配不上她，這樣下去怎麼好。因爲你是男人，你知道男人愛面子。」

「我……」

「等到她也變老了。你覺得有點奇怪，怎麼繞了一大圈，這娃兒又回到了你腳邊。好像她小時候你許下的願望實現了，你希望她一輩子都不要嫁人，一直留在你身邊。沒想到她眞的回來了，但是她已經不一樣了。」

「你不用管我爸。而且我也沒那麼悲慘。」

「你看起來很好，而且一點也不老。」

「如果你知道我幾歲，就不會這樣說了。」女人笑了一下，她眞的不介意。「我已經離過一次婚了，至少證明了，不是沒人要跟我結婚。」

「我也只離一次而已。」

「看，沒那麼悲慘。」

「是沒那麼悲慘。」他說。

看到熟悉的玻璃帷幕反射著滿天醞釀已久的烏雲，有一種快到家門的輕鬆。

「啊，下來了，雨。」老人看著天空。起初的雨絲像刀鋒一樣在車窗上留下極細但深刻的痕跡，然後變成綠豆大的雨珠不客氣地打在乾熱的地面上，幾分鐘之後，道路就變得乾淨了一點，也變得更擁擠了一點。

「我們先到餐廳吃飯，然後到了晚上，在這飯店的頂樓套房裡，有一個派對。是我女兒主持的。等雨停了，就能看到煙花。」老人轉頭對他說。

「你跟你的朋友，可以上來找我們。」女人說。

「我是一個人。」

「嘿，什麼都有的先生。」女人笑起來，「像你這樣的男人，絕對不是那種一個人住飯店的類型。」

他沒有反駁，這是讚美，他有點開心。無所謂，反正他馬上就要與這一切道別，回到原來的世界了，祕密或內幕，在他離去之後，馬上就變得毫無價值。

「你一定有個朋友的吧。」女人微笑地看著他。

他只是微笑地看著女人：「這派對有名字嗎？」

「有，前夕派對。」女人說。「Foreplay。」

「你知道，在中文裡，前夕和前戲的讀音是一樣的。」老人說。「這個國家等了好久才等到的一天，馬上就要到了。」

「好漫長的前戲啊。」他說。

「差不多有一百年那麼長。」女人說。

16 前戲

她來自經常下雨的地方，所以總是抓得準雨要下來的時機。雨正式下起來的時候，她正好一腳踩進了剛才那個院子。

鳥籠和爺的椅子，都已經不在廊下，只剩下個鋁盆擺在地上從漏水的洞口接著雨。

「老房子了。」當家的站在屋裡看著她，「等會又要積黃水。」

「你的女兒教得眞好，跟你一樣，逃給人追。」她冷冷地說。

「最後還不是都在家裡。」當家的指著蹲在電視前吃麵的女孩。「新電視，我下午就是去買電視。什麼時候不壞，這個節骨眼舊電視就壞了，說什麼也得買新的，誰都不想錯過開幕式。」

「我窮緊張，到處找她。白忙了一下午，快熱死了。」

「這不是涼起來了。」

她蹲在那個大水盆旁，聽著水滴打在鋁盆底的聲音，水位漸漸變高，聲音就變小了。

「你就是這樣，老是在生氣。」當家的說，「到底在氣些什麼？」

「我也不知道，就是很火大。」她繼續蹲著，靜靜地說。

「餓嗎？來吃麵？」

她從低處往屋裡的方向看去，蟲子在燈泡下飛舞著。她默默地站起來，跟著進了屋。

「生氣就容易餓。」當家的拖著拖鞋在地上拍著。

她坐在空的凳子上，這凳子沒有椅背，她覺得有點失望，當家的在她面前放下碗公，給她一雙筷子。

「這麵好軟。」

「對，因爲爺咬不動，我都煮軟一點。」

「哦……」她含糊地應著，爺抬起頭來對她笑，她也對爺笑，不知道爺怎麼看的，他看到的世界，大概很不一樣。

「爺是房東呢。」當家的說。「這是他的宅子。」

「不會……」她脫口而出，又覺得不妥，無濟於事地降低了尾音音量。「要拆嗎？」

「要啊，等奧運過了，整個街坊都得搬。」

「要去哪呢？」

「城外吧。我也不知道。」當家的轉頭叫著眼珠貼在電視上的女兒，「你們老師說，要搬到哪裡去？」

女兒頭也不回地說：「搬去茅廁在屋裡的新房子！」

當家的看看她，她聳肩。

因爲麵很軟，所以她很快就吃完了。

「還要嗎？」

她搖頭。於是桌上擺了一瓶高粱酒。

「我不要高粱啊。受不了。」

「不是高粱，這只是瓶子，裡面裝的只是普通的燒酒而已。不信你喝一口。」

她提防地舔了一口杯子裡的酒。

「明明就是。」

「你不喝，那我喝一點。慶祝。」

她站起身，把瓶子接過來，往當家的手拿著的玻璃杯裡倒酒。

「謝謝。」當家的說，對著她敬了一回，一飲而盡。

屋外的雨停了。

過了不久，遠方就傳來了煙花的聲音。

「是預演！老師說的。」女孩拋下電視機，往屋外跑，一溜煙就又不見人影。

爺慢慢地從專用的椅子上起來，慢慢地轉向，再慢慢地，一寸一寸地往自己的房間碎步移動。他們倆默默地看著這一端的衰老，和那一端的極度年少。她覺得他們好像尷尬地卡在中間，哪也不能去。

「你應該還有事要做吧。」當家的打破沉默。

「什麼？」

「你大老遠來，一定不是爲了我。」當家的說，「你怎麼可能爲了我來。你討厭來大陸，從來就不肯來，你老是生我的氣，但你騙不了我。」

她沒有回答。

「走吧，回去吧。」

當家的把單車扛出院子，放在胡同的磚路上。

「酒醉騎車，會被罰嗎？」

「我才沒酒醉！也不會罰！」當家的講話還噴著酒氣。

她邊盤算著緊急跳車對策，一邊緩慢地抬起腿要坐上後座。

「穿裙子給我側著坐！」

當家的蹬起踏板，風就呼呼地吹起。眼前的景色像舊電影，耐著性子慢慢地往後送去。

「可以抽菸嗎？」

「抽。火點得起來嗎？」

「行。」

「你還是眞行，只要幾天，就能改變腔調。」他的聲音聽起來很開心。「你別燒著我。」

「你放心吧。」

當家的側著頭吸菸的時候，車頭就往左邊傾斜，吸完以後，又趕緊導正回來。

「我女兒看電視，看到台灣女孩子講話那樣做作，她也愛學她們做作，說這樣才溫柔可愛。」

「那也不壞啊。」

「不知道，是寧願她變得做作但是可愛，還是像你這樣率直但是不可愛，哪種好？」

「你知道我突然想吃什麼嗎？」她突然問道。

「我知道，冰糖葫蘆。」他一味直視著前方涼涼地說。

「你怎麼知道!!」她吃驚到重心不穩差點摔下車。

「你自己看。」她探頭越過前人的肩膀，踩著單車的老頭，後座的夾板上還擺了半盤沒賣掉的冰糖葫蘆，小燈泡掛在頂上，沒賣掉的冰糖葫蘆被熱夜給融掉一半，牢牢地黏在金屬表面上。晚風從前方送來蜜餞和冰糖漿的香味，送給後面單車上的過客，香味是免費的，誰都可以享受。

煙花停止以後，他看著恢復漆黑的天空，那上面似乎還留著殘影，他嘆了口氣。

「美好的事物總是短暫的，對嗎？」女人說。她穿著紅色的新式旗袍，少掉令人窒息的領子，質料也是柔軟的。

紅色的旗袍讓他想起以前的事情，他和她去過的中國餐館，女侍們都穿著戲服一般的紅色旗袍，走在各桌之間狹小到不行的走道間，手上一次放著四五盤菜，一路放到手肘處，讓人捏把冷汗，但從沒有人掉過盤子。

那間店從門口到廚房的地板都是油膩膩的，但女侍們的旗袍卻總是很乾淨。

「本來是沒有穿旗袍這件事的。」她說過。「但是電影裡的中國餐館裡都有穿紅旗袍的女侍，所以超市裡就開始賣這種成衣。」

「one size?」

「對。」

那個時候，每次有一個胖女侍經過桌邊，他都能看見那女侍大腿上被開衩勒出的痕跡。

他不知爲何總覺得有點罪惡。

這個女人雖然不胖，但她露出的長腿，卻莫名讓他想起那個胖女侍。

他拿出菸盒裡最後一支香菸，走出歌舞昇平的套房，搭乘東邊的電梯安靜地下降，走出已經昏昏欲睡的大廳前門，走過水柱沒有絲毫疲憊的噴水池，走下依然清潔如新的寬闊階梯。

他坐在階梯的角落點起菸，看著這個城市。他的眼神有點迷茫，一定是因爲酒精和酒吧裡的閃光燈，不過，他自嘲著，就算看得清楚，大概也還是看不懂吧。然後看見她乘坐著陌生男子的單車，帶著有點落寞的微笑，搖搖晃晃地在人行道旁下了單車。

她與陌生男人既沒有擁抱，也沒有親吻道別。只是在單車遠去後許久，她還是望著那背影。也許有流淚，也許沒有。她那強烈的思念，連背影都看得出來。

但她從來沒有這樣看過我的背影。他這麼想著。心裡莫名地嫉妒起單車上的陌生男人。酒喝多了，他的情感終於能夠直接表露。他知道自己是這樣的人。

在她還望著遠方的同時，他轉身幾乎是跑步著地爬上階梯，回到原本的歌舞酒杯間，回到剛才那個對他非常有興趣的高䠷女子身邊。他對這個女人沒有太大興趣，多年的經驗讓他知道絕對不能對女人好奇。

這個城市的前戲，還有一整個夜晚的時間去消磨，但是他們之間這場前戲，只剩下幾個小時。就算是醉了，他心裡倒數的滴答聲依舊響亮。

他移動到看得見大廳的吧台位置，那女人就跟著他過來。他盯著門口看，看著她落寞地經過旋轉門，問了門僮什麼，就被指示到靠近酒吧的服務櫃台邊。

從這裡聽不到她和櫃台的男孩講些什麼，但她確實給了人家溫暖而鼓勵的微笑。她用手撐著冰涼的大理石櫃台，抬起上身探頭去看男孩面前的螢幕，好像十分投緣。

他們正在笑著說些什麼，他心想。上一次她那樣對我笑是什麼時候？不記得了。也許從來沒有過。

她在水聲中聽見房門大聲關上，有人粗魯地轉著浴室門，她進來的時候順手鎖上了，外面的他罵了一聲。

她從淋浴間跑出來，一路滴著水打開浴室的門。

「爲什麼？」他站在門口，外套和鞋子亂糟糟地丟在玄關，聞起來像酒精燈。

「你喝了多少啊？」她後退兩步，他光腳走進來踩著她剛滴下的水。

「爲什麼？」

「爲什麼鎖門？我不記得了……沒有爲什麼啊。」

「爲什麼在洗澡？」

「嗯？」

「你去見別的男人了……」他的問號留在嘴裡出不來，他發現自己的怒氣高於想像。

「你說什麼？」她把他的臉轉向自己，仔細地看著。

「你騙了我。」他慢慢地，讓每個字都包裹著憤怒地迸出嘴。「你永遠都在演戲。你知道我冒了多大的危險到這裡來，我冒著失去工作、失去客戶信任的險，我欺騙我的家人……我還欺騙自己，我爲了你犧牲了多少，你知道嗎？你在乎嗎？」

她看著憤怒的男人，心底某一部分其實突然釋懷了：「你到底爲我犧牲了什麼？」

「所有、一切！」浴室的空間不算充分寬闊，但已足夠他焦躁地來回踱步：「我冒著失去一切的風險來見你，但我到底得到了什麼？」

她光著身子，卻不會覺得不自在，因爲她沒有什麼要隱藏的。

「可是，你什麼都沒有失去，不是嗎？」

「你說話最好聽、最自然，你背叛人的時候從來不需要考慮。」他停止踱步，逼近她的臉，仔細看著她的表情。

「我背叛的不是你。」她冷靜地說。「我是爲了你，背叛了別人。」

「說話很容易。」他的氣息噴在臉上，聞起來像酒精燈。「我怎麼知道你會不會毀掉我？」

「所以你終究還是不信任我。」

「我要怎麼信任你？當然，你穿不穿衣服都不在意，因爲你的祕密都藏在你的頭裡面。」他抓住她的後頸，把她的臉向自己靠近：「你講的話永遠都那麼好聽，但是我還是不知道你在想什麼……」

她用盡力氣推開他，看著他的臉：「你用不著擔心，到了明天，我就會消失，你什麼也不用犧牲。這樣你滿意了嗎？」

他看著她，喘著氣，沉默讓他急促的氣息逐漸平緩下來。

他無話可說，他的理智漸漸辨識出自己情緒的本質，他一點也不意外，這就叫嫉妒。

「先生，」總體來說，他爆發的焦躁與清楚的憤怒，讓她放下了心頭重擔。「我今天，去找的是我哥哥。」

「哥哥？」他聽見某些聲音，但這裡沒有別人，他知道已經開始了，心底的自我否定。「親哥哥？」

她點點頭。

「同父同母？」

她再度點點頭。當然，我爲什麼要騙你。

「很多年沒見了，我跟他，不算處得很好。」她冷冷地說，「但是他還是我的哥哥。」

他靠著門。

「我找到他家，他又不在，那個小鬼害我到處找，白忙了一整天，都要中暑了，回來當然只想洗澡啊。」

她身上的水繼續滴落，她大可以把浴袍或是丟在地上的內衣穿上，但是她現在無法考慮穿衣服的事。

她開始回想剛才他講的每一個字，他從來沒有吐露過這麼多眞正的心情，從來沒有。她以爲衝突過去了就會平靜，但是沒有，她聽進了每一個字，每一個字對她都有影響。

她呼吸有點困難，只好靠著洗臉台。

「你說的對，我騙了你，」她看著自己瘦削的小腿，曬黑了，「跟你在一起，我什麼也吃不下。」

他被這句話重重地打擊，無話可回，耳朵轟隆隆響，他花了一點時間移動到浴室另一邊，安靜地靠坐在浴缸邊緣，看著一絲不掛的她。

浴室裡蒸氣瀰漫，還有幾分鐘才會變涼，她能撐過去。

「我這麼喜歡你，但是跟你在一起我一點也不快樂。」她說，用不了幾分鐘了。她已經把該說卻說不出口的話，說出口了。

「既然不快樂，那你爲什麼要來。」

「因爲我想念你，」她深呼吸一口，「我那時想著，我來了，就來跟你說再見。」

「爲什麼？那是什麼意思？」他提高音量問著，好像眞的不知道爲什麼。

「我知道，就算我說了，我也做不到。」

「那又是爲什麼？」

「因爲我知道我還是會想念你。」

她看著他，開始覺得冷，他拿起手邊的浴巾走過去想幫她，她後退一步。

「我開始討厭自己。」她沮喪地說，擦掉脖子上混著汗水的水滴，「我討厭討厭自己。看不見你的時候，我老是想念你，但是跟你在一起的時候，我卻老是想著別的事情，我不喜歡這樣，但是我沒辦法。」

「如果跟我在一起這麼不愉快……」他把浴巾擺在她身旁的檯子上。

「我不該來的。」她拿起浴巾把身體包起來，坐上鋪著厚質棉布的寬大洗手台，背靠在鏡子上，避開他的視線。「我是騙了你。」

他沉默地透過濕淋淋的頭髮，看著她下巴的形狀。

「那好，就到這裡爲止吧。」

他拿起丟在玄關的外套，把皮夾放進口袋，隨便套上鞋子，門在他身後砰然關上的同時，她的眼淚流下來。他幾乎完全可以感受到她眼淚流下來的那一刹那，但眼淚畢竟屬於個人，不是誰的責任。

她走出了浴室的門，想起自己走進淋浴間之前，還是另一個人。

她看著窗外，遠方高樓頂端的霓虹燈，在霧氣中就像煙花一樣。而且一直都在那裡不會消散，直到太陽出來爲止。

到了那個時候，她已經不在這裡，沒有人因此失去什麼。

17

即將失去的一切

他一個人走過燈光璀璨的噴水池，走過狂歡著酒醉的人群，沒什麼不對，他本來就是一個人。這夜熱得不像話，他把穿上的外套又脫掉。

周圍的人們是那麼快樂，他們期待的夜晚，馬上就要降臨，全世界都在看著他們的城市，他們的一舉一動，他們的一切。

然後他們的人生從此就會一帆風順。

夜班的門僮看著他的背影在階梯的盡頭消失。門僮的眼裡也許帶有一點理解的同情，他在這門裡門外進出了一個晚上，門僮都看在眼裡。但門僮的關懷只有一瞬，因爲門僮的關懷必須分給大廳裡外所有需要觀照的人們。門僮能做到的，只有目送他在夜暗時離開明亮的飯店，獨自走下階梯，思索著只有自己知道的那些事情。

但願他知道有人目送著他就好了，也許就不會覺得那麼孤獨。門僮在爲下一批客人推動旋轉門的瞬間，讓自己這一點自由意識閃過心頭。

下一批客人從散場的前戲派對搖晃地走出，他們陶醉在前戲的熱切期待中，以爲推動旋轉門的是自己的手。

很快地，不久以後，當歌舞都唱過了，煙花都放完了，那個時候，你們可要自己保重，因爲高潮後的落寞，是誰也幫不了你的。

這剛巧特別能夠思考的門僮，在他靈活的腦袋裡快速地處理著這些哲理，已然忘了消失在階梯盡頭的他的背影。

他走著熟悉的街道，進入尋常的人間，電影剛散場，看過同一部電影的人各自想著自己的感覺，在人行道上抽菸聊天。

這街道如此熟悉，幾乎忘記自己只是三天前才首次走過這條街道，只是爲了避開他人耳目，進行那循規蹈矩的第一次約會。

感覺就像過去每天都走過這條街道，和心裡想見的那個人約會。

他走進第二次光臨的圖書室酒吧。只是第二次光臨，卻已經充滿回憶。

正把吧檯照明扭熄的酒保，看見他走進，又把燈打開。

「已經打烊了？」

「沒關係。」酒保體貼地說，「威士忌？」

他在舌底思索了一下威士忌的苦味，想像順著冰塊流進酒中的水。

「不，沒關係。」他把手放進褲袋，轉身走下通往大廳的階梯，毫不遲疑地走出這間不屬於他的飯店大門。

這不是我的飯店，這裡沒有我的房間。這意識清楚地浮上心頭。

他走出大門之後，似乎轉錯了一個彎，走進了條陌生的小巷，兩旁民房的燈光昏暗，坐在門外且睡且乘涼的老人冷冷地看著他。他看著自己的腳步行著，思索自己受到多少酒精的影響，直到腳下的路變成鋪柏油的車道。

他抬起頭。陌生的服務生從門裡爲他拉開厚重的玻璃門。

「先生。歡迎回來。」服務生的語氣充滿感情，但他卻不記得這人的長相。

「這不是我住的飯店。」

「先生。」服務生的語調依舊和緩，「這確實是您的飯店沒錯。」

「我不記得這個門的樣子。」

「這是側邊的安全門，一般是鎖著的。」

他想起自己曾經試圖打開過的邊門，但他還是懷疑。服務生中立式的鎮定充滿說服力，但這鎮定又中立得令人起疑。

「這眞的就是那間飯店?」

「當然，先生。」服務生露出了溫暖的微笑，「這是全城裡最好的飯店啊。」

他拿出鑰匙卡。

門打開了，他依舊站在門外。

「可以進去嗎？」

「當然啊，這是你的房間啊。」

「這是我的房間嗎？」

「到今天爲止還是。」

「房間看起來好像不太一樣。」

「大概是因爲我有穿衣服吧。」

「你看起來也不太一樣。」

「洗過了澡，我就變成好女人了。」

他看著變成好女人的她，穿著棉布洋裝，臉上沒有化妝，眉毛似乎變淺了一點，眼睛的顏色也有點不同。這是她原來的樣子，還是自己眞的沒有認眞看過她的臉？

「你收好行李了。」

「嗯。」

「這裡面有什麼？」他敲著小型的登機箱。

她會意地看著他，先笑，再說話。

「有我看的書，還有內衣。」

「讓我帶你出去喝一杯。」

「去哪裡？」

「樓下的紅色酒吧。」

「雖然已經很晚了，」她平靜地提出質疑，「也許會有認識的人在那邊孤獨地喝酒？」

「那我們可以一起給予同情。」他輕鬆地說，「因爲我們並不孤獨。」

在第四個夜晚，他們並肩坐在屬於他們的飯店裡的紅色酒吧，得意的值班經理幫他們帶的位，怯生生但非常和善的服務生爲他們端來漂亮的酒杯。

他們得到了彼此的尊重。現在已經別無所求。

他想要像第一次約會時那樣說些有趣的話，但他一句話也講不出口。

「到底是怎麼變成今天這個樣子的？」他決定不再壓抑，直接說出來。

「我們？」

「我，和你，怎麼回事。」

「只是四天而已。你好像在講上輩子的事。」

「感覺就像那樣。」

「但我們還沒有開始討厭對方。」

「幸好。」

「只是偶爾討厭自己。」

「偶爾討厭自己沒有關係。」他撫摸著她的背這樣說著。

他們從同一個菸盒裡拿出香菸，用同一個打火機輪流各自點上火，他們已經不是那種女人拿出香菸調情，男人點起火來諂媚的關係。他們是在酒吧裡並肩坐著的關係，是講話不需要使用主詞的關係，世界上除了彼此以外沒有人了解的關係。

服務生機伶地放下設計師簽名款的菸灰缸。

她在吐出煙霧的同時，送出了很長的一口氣。

不了解她的人，只會解釋成她有萬般心事說不出口，長長地嘆了一口氣。但他知道不是這樣的。

他知道在這一刻，她終於放下了心頭的什麼，隨著她的氣息把那些壞東西送走了，留在這個馬上就會被拋在腦後的空間裡。接下來說出口的話，都是毫無疑問眞心的話語。在她開口之前，他會耐心等待。

她坐在身邊，沉默地盯著手中的菸頭一節節變成灰燼，看著灰燼從尖端一點點落進下方的菸灰缸，她人在這裡，心不在這裡，看起來是這樣，但他清楚知道，她的心在這裡，和她的人一起。每一件事情，都不像表面上看起來的那樣，他確定的是這件事。

還有一件事，她知道，旁邊的男人，也就是自己，正在看著她。她知道他知道她知道自己正在被看，他又開始聽見心底的聲音，那自閉又叨絮的獨白的男人，他覺得不公平，在同樣這樣千頭萬緒的時分，女人可以漂亮地坐在那裡，在男人的注視下自顧自地出神，而男人卻要笨拙地擔任無用的旁白。他閉上眼睛，好像閉上眼睛就能阻止獨白的進行。

當他閉上眼睛，又睜開眼睛，她用左手撐著額頭，安靜地看著他。她終於要說話了，他想。

「有時候，」她果眞說話了，「我覺得，我在這個世界上，可以說一個朋友也不剩了。就算原本曾經是我朋友的人，他們看了太多的照片和別人說的話，他們以爲知道我變成什麼樣的人，從那個時候開始，我知道，我就是孤獨的一個人了。除了我以外，沒有人知道，也沒有人在乎，那些照片以外的時間，我都在做什麼，我在想什麼，我有什麼感覺，都不重要了。」

他想要靠近她給她一點支持性的接觸，但是她還沒有說完，還不到那個時候。

「有時候，我覺得好像只有你才知道我是誰，因爲你認識的是原來的我，後來變成這樣的我，你一點也不知道，你認識的才是眞正的我。連我自己都已經忘記了，你卻還記得我是怎麼樣的人。當然你也可能什麼都忘記了，這只是我神志不清的想像而已。」

「不，」他親吻她的額頭，「我記得很多事情。」

她宿命式地笑了一下。

「我還是一個朋友都不剩了。」她說。

他把剩下的菸丟在菸灰缸裡。兩手扶著她的肩膀，把她轉向自己。

「還剩下一個。」他說。

她把相視的眼神移開，她的心似乎又不在這裡，但是一定還在，因爲她知道自己正被注視著。

「先生，你不是我的朋友，」她繼續帶著宿命式的表情，看著右手邊的地毯角落，好像那裡眞的有什麼存在，「你是我的……舊情人。」

「現在還是。」他說，「所以不算是朋友嗎？」

「你知道，朋友，你跟朋友一起走在街上，如果剛好碰到認識的人，你會說嘿，跟你介紹一下這是我的朋友……」

「你看著我，」他試著叫回她的視線，她又犯了主觀過強的老毛病。他又用力搖了一下她的身體，「你聽我說。」

她伸手撥開他的雙手，身體往後在椅子上坐正，專心地準備聽他說。

「Darling，」眼前浮現了一些莫名的殘影，他閉上眼睛，「我太太，她知道每一件事。從一開始，一切。」

他閉上眼睛，給她一點空間思考，他自己也需要。當他再度睜開眼睛，眼前的高腳椅空著，原地轉著圈。

即使如此，桌上有兩個杯子的水漬，菸灰缸裡有兩個菸蒂。

到了明天早晨，勤奮的服務員來過以後，這些痕跡都會消失，飯店的住房紀錄只會留下一個人的名字。

他們都不會因此失去什麼。

他們失去的東西都只有一樣。

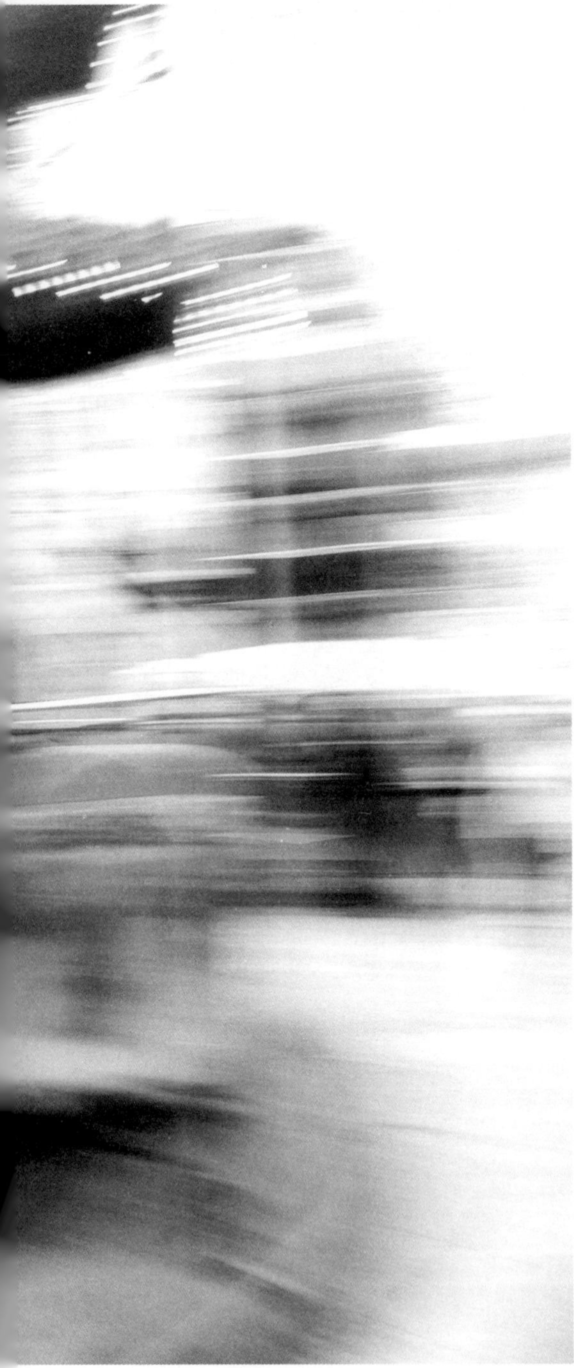

18 旅行

他躺在床上睜開眼睛的時候，沒有往身邊看。他知道她已經走了，收拾得乾乾淨淨地走了。

他再度閉上眼睛，他知道自己只有這一刻能夠盡情感受自己的悲傷。

然後他就必須回到什麼都擁有的尋常日子去。

直到多事的 wake-up call 響起。

Check out 的時候，他交回手上這一張鑰匙卡，他知道另外一張早已經回到櫃台裡。

他帶著裝滿雜亂思緒的腦袋想轉身找張椅子坐著等車，櫃台的人叫住他。

「您的電話帳單。」

他用剩下的一點當地貨幣付清了那輕得不能再輕的小額話費。只有一通，他打過的電話只有一通。

丹尼看著他付電話費。

「我以爲你在北京沒認識的人。」

「噢……打電話叫計程車，觀光的。」

「喔。我也以爲你對觀光沒興趣。」

管得眞多。他心想。就算丹尼眞的捉到什麼把柄，他也不打算認輸。沒有罪惡感，只是不想造成無謂的困擾。

「天氣眞好，」他看著玻璃帷幕外面乾淨的天空說，「眞的不能留下來看完開幕再走？」

「我也很想。但你看我們已經退房了。」

「所以呢？」

「到了傍晚，這裡會實施禁航五小時。想看的話，我們只能在機場身上蓋著報紙過夜了。」

「禁航到幾點？」

「十一點左右吧。想像會累積多少班機擠在半夜起飛。」

「再說我們也進不去。我們拿的是工作證，不是門票。除了煙火之外，其他都只能電視上看。」

「那在哪看都一樣了。」

「嗯。」

他突然很捨不得這個地方。雖然她已經離開了。

「昨天晚上，」丹尼突然想起什麼，興奮地說道，「昨天晚上我下來大廳，看見一個女人，走得很快，不想引人注意，我想她是明星。」

「你跟蹤女明星了？真變態。」

「我只是看她走過去。」

「然後？」

「她什麼也沒做，但是她走過去以後，好像空氣都變了，旁邊的人都開始東張西望。」丹尼不是一個擅於形容的人，但現在他做得還不錯。「那時候，我想到一個人……」

「誰？」

「你記得嗎？以前那個廣告，女人，雪地，黑色轎車，找東找西，最後什麼也沒拿，消失在街角。」

「但是男人回來以後，發動車子，知道有人來過。」

「對，是香味。」

「但不是香水廣告。」

「是車子廣告。」

「對，是車子。」

昨天晚上，也許是她，也許不是。

「你看到那個女人了嗎？」

「我不知道，應該不是她吧。她現在不是住在……哪裡？」

「反正不是這裡。」

「離這裡很遠吧。」

「不近吧。」他盡量小心地回答。「在南方。」

「對，不是同一個國家，對吧。我記得，在紐約，要是講錯這種事情，人家就會說因爲我是白人，所以我是白癡。」

「在這裡也差不多，你知道，全球化了。」

「喔。」

排隊等待上車的人龍往前推進了一點。

「那個女人……」丹尼繼續說，「她叫什麼名字，很像藝名……但聽說是眞的……」

「Darling。」

「對，」丹尼開心地拍下大腿，「你相信嗎？每一個人都叫你Darling，多怪的感覺。」

「嗯。」

「不過她好像很適合。」

「你這樣覺得？」

「嗯，見到她的時候，我記得，那時我想，工作真好。」

「你這樣想？」

「不知道，很難形容，怎麼講……好像做了一個好夢。不太清楚到底夢到了什麼，但是你醒來以後，就很美好。」

他突然覺得有點感傷。但是是好的那種感傷，他控制著不要真的流淚，太糗了。

「沒想到吧，」丹尼嘿嘿笑著，「我也有感性的一面。」

「我知道你有啊。」

「嘿，」丹尼指著前方，「是她，你看。」

他順著丹尼手指的方向看去，高䠷冷漠的女人，在前後兩名衣著入時的工作人員護衛下，帶著高調意味的低調態度，走進飯店大廳。

「那不是她。」他平靜地說。

「不是嗎？」丹尼詫異地說，「那我一直都搞錯了……你確定？」

「我確定。」他還是平靜地說。

他確定。因為這個時候，她乘坐的班機已經起飛，加入這重大日子的繁忙天空。只是她朝著反方向離去。每一秒鐘都離他愈來愈遠。

「真的不是嗎？」

想像著她離去的樣子，那也是一種旅行的意義。

她飛行到一個地方降落，走進他人的生活，就像直接推開一扇沒鎖好的門，進入他人長久居住的客廳，找一張空下來的椅子，用舒服的姿勢坐著，開始讀起倒放在桌上別人讀到一半的書，好像之前讀這本書的人就是她自己。看到一個段落，她把書向下蓋著，走進他人的臥室，鑽進單人床的棉被下，睡了個午覺，她做了幾個夢，夢見自己趕著下一班飛機，遺忘了自己的衣服和鞋子在廣大空闊的羅馬式澡堂裡。她醒來的時候，擦了一下頸項間的汗水，把棉被整理回原來的樣子，看了一下窗外的天色。轉身走到他人的廚房，從冰箱裡找出剩下的食材，一點蔬菜，幾片醃肉，一把麵條，隨意炒了一盤麵，就著最後的天色獨自把肚子塡飽。在房子的主人在外應酬到深夜回家之前，她把碗洗好，把餐桌擦乾淨，燒了一點開水泡了茶喝完，把茶葉撈起來，將剩下的茶加了糖後，蓋上杯蓋，放進冰箱冷藏。

房子的主人回家時，覺得似乎有人來過，但又沒有明顯的跡象，主人並不驚慌，並不覺得是賊上門，他只覺得好像某個時候熟悉過的香氣還留在室內，讓他想起一些美好的往事。

他搖著酒醉的頭，打開冰箱，看見裡面那杯冰茶，他拿起冰茶邊啜飲著走到客廳窗邊的椅子旁，扭亮檯燈，他盯著倒放的書本，看了許久，坐下來放下茶杯，猶疑了一會，將書本翻過來，故事已經往前推進了一章，在他不在場的時候。

在他不在場的時候發生的故事，他一點也不知道，那他所不知道的故事，卻讓他莫名地微笑了起來。

那一定是很有趣的一段故事。

他並不打算把書往回翻頁，就那樣就著書本打開的位置，接續著熟悉的香氣，把故事繼續讀下去。

我大部分的愛情，都寄託給回憶和想像了。

他在這個重要日子的早晨醒來過兩次。第一次天還沒亮，第二次的時候她已經走了。

「可是眞的很像。你說像不像……」丹尼還是很介意。

「不像。」他肯定地說。「一點也不像。」

「先生。」櫃台的男孩叫他，是昨天那個害他嫉妒心崩潰的最後一根稻草。

「什麼事。」他和氣地問著這個怯生生的年輕人。

「您房間還有一通未聽信息。」男孩說，「您要現在聽嗎？」

「未聽留言哪？」丹尼乾笑著，「那麼快昨天就交了新朋友啦。」

「應該只是廣告。」

「先生，我們飯店有過濾機制不會有廣告信息的。」

他深吸一口氣，緩解自然產生的緊張，老實說現在也沒有什麼事情可以被發現了。

他隔著櫃台接過話筒，服務生按下按鈕，開始播放留言。

他安靜地聽著。十秒，服務生維持著服務的精神，保持中立距離的態度，關懷地看著他的樣子。丹尼以一個同事和朋友的立場，輕鬆而自然地靠在行李箱上等待著。二十秒。飛機在遠方的天際繁忙地起飛。

三十秒。他平靜地把電話還給服務生。

「要刪除嗎？先生。」

他心不在焉地點點頭。

「怎麼了？」丹尼問。

他看著丹尼，眼鏡下的雙眼瞇成兩條縫。

「沒人說話。」他說。自己拿著行李往外走去。

正巧在她順利通關以後，到達的人潮開始湧入，對面的走道擠得水洩不通。

大家的重頭戲才剛開始。

我的已經結束了。她想。

她餓著肚子上飛機，飛機升空以後，吃了西式早餐，喝了很多咖啡，上了幾次廁所，飛機下降，又來到這個慣用的轉接城市。

（實在不喜歡飛行這件事，但我老是在飛。）

（跟很多老是在飛的人一樣，飛行不是因爲喜歡。）她一邊抓著扶手，一邊這樣想著。

她在風雨中到達香港。降落的時候窗外有雷電。

每天都有那麼多人在搭飛機，久而久之人們以爲自己眞的能飛。簡直是笨死了，根本就痛苦得要命，但是又不能不飛。她不斷地重複這些詞句，耳朵像被針刺一樣痛，她努力地把每一分恐懼直接轉化爲憤怒消耗掉，直到機輪終於碰到地面。

「因爲風雨的關係，您的班機會延後起飛。」空姐交給她轉機的登機證時這樣說著。

她不介意在這個機場等待，這是個消磨時間最好的地點，到處都在引誘你消費，每個人都充滿服務熱忱。她習慣的那種。

她不急著消費，先買了一碗裝在紙杯裡的雞湯慢慢啜著。

她站起來，又走了一圈商店，再數過一次口袋裡的當地貨幣。

都回歸十年以上了，這條航線卻還是走國際線航站，三個地區、三種貨幣，三種通行證。但是免稅店裡的商品品牌卻到哪裡都是一樣的。

她算好現金的整數，買了幾套保養品機場限定組。

她會說的語言，免稅店的小姐也都會說，所以哪種都一樣。她跟著到櫃台付現結帳，皮夾又輕了一點。

「May I see your boarding pass?」售貨員看了她的登機證，自從各種機場開始大量列舉不能隨身攜帶的物品之後，免稅店的銷售方式就變得更複雜了。

「Your next stop is Paris.」

（Yes.）她用口形說著，她的喉嚨經過乾燥的飛行已經完全失去聲音。

「Is that your final destination?」售貨員平靜地說，她的語調異常地沒有服務的亢奮，反而好像有一種聽取告解的氣氛。

（Yes. For now.）她把最後的句子吞在嘴裡。

突然覺得非常疲累。

她從彩色羽毛的紀念品下面挖出了手機，按下開機扭。當你發現，就算消失個幾天，也沒有太多人察覺，那種心情是很複雜的。但要是太多未接來電紀錄，也可能讓人對現實生活心生排斥，只想回頭再一頭栽回假期中，然後因爲不可能，又哀怨沮喪地回到日常規律的作息中，直到漸漸淡忘假期的感覺。

幾則事務性簡訊，和兩則語音留言，兩則應該是很不多不少很恰當的分量。

她先回完簡訊，再開始聽留言。反正現在時間多得很。

第一則是那個沒有問她去哪裡做什麼的好男人。說著他那邊的天氣，要注意的事情，說她抵達的時候沒辦法去機場接她，要她照舊自己叫車回家。

她聽完就刪掉了。

第二則，八月五日，下午兩點四十七分。

「嘿，呃……我在飯店，我回來了，今天下午，都沒事，不知道你現在在哪裡，你聽到，打電話回來這裡吧，好不好。哦，現在是，快三點左右。呃……好，bye。哦，我是×××……那先這樣。」

重聽留言請按1，刪除請按7，結束請掛斷。

「嘿，呃……我在飯店，我回來了，今天下午，都沒事，不知道你現在在哪裡，你聽到，打電話回來這裡吧，好不好。哦，現在是，快三點左右。呃……好，bye。哦，我是×××……那先這樣。」

她聽了一遍又一遍。

這只是三天前的下午，一通她錯過的電話留言，但那平凡無奇的內容，和對分寸沒把握的緊張，讓她想起已經早就忘記誰跟誰的初戀。

有一回搬家，從衣櫥深處清出來的餅乾盒子裡，找到高中時收到的用鉛筆手寫的情書，那個男孩的臉已經不記得了，但還是忍不住把信看了一遍又一遍，最後把盒子蓋上，一起放上搬運的卡車。

想像和共同的回憶，總是忘不了舊情人的原因。

她坐在登機大廳的窗邊，在陰雨的天幕下安靜地流淚。對面長椅上的男人，拿起相機，對著她按下快門。

她突然感到有點溫馨，好像順暢地回到自己的尋常生活。

這張照片就算登上八卦雜誌，也只是她在機場聽著手機留言安靜地哭泣而已，誰都不會知道原因，也不會有人因此受傷。

只是一幅溫馨小品。

等她走到登機門時，赫然發現螢幕上閃著 Final Call。

她若無其事地將登機證交給等著她的空服員，熟門熟路地從商務艙進入機艙，往後走到自己經濟艙靠走道近廁所的位置。

一坐下機門便砰地關上，空服員就座，飛機掉頭，輪子壓過小石子的震動傳至整個機艙，站定跑道起點，開始滑行，引擎的噪音開始劇烈作響，大家都在想著，是現在嗎？是現在嗎？在那個只有控制著天空的人知道的時間點上，機頭拉高升空，抖動著穿過吸滿了濕氣的雲層，然後馬上就看見了海上的燈光。

假期留在記憶中就像再也不會重複的美夢一樣。美好的夢境，會欺騙你。當你每一次回想，那個夢就變得更美一點，直到你記得的夢境跟原來的夢境已經變成兩個不同的故事，你還是沉醉在那個美夢裡。

讓你陶醉的只不過是擁有過美夢的回憶，而那個夢也許當初並沒那麼美好。

我不會讓自己像別的女人一樣，被這種美夢給欺騙，浪費自己的時間，葬送自己的生活。她想。有很多人都想知道我的生活，都那麼想要毀掉我的一點點美好時光。

我不會讓他們毀掉我。

要避免滅亡的方法只有一種，就是醒來。

我已經到過了我所害怕的地方，見到了我想見卻不敢見的人。我已經自由了。

我也已經醒來了。

頂上的燈號熄滅，飛機已升上安全高度。

她解開安全帶，還沒有睡意的時候，看一下窗外的雲。

Special thanks to

黃金美、何曼瑄、李開明、鄭偉銘、李振豪、林怡君、葉美瑤、黃千芳、朱陳毅
愛亞、張培仁、詹宏志、楊澤、陳正倫、陸君萍
楊之儀、范然欽、徐震、何嘉珍、柯若竹、楊永苓、潘如聖、朱學恒
AIKO FILMS, Office Sola, Ernesto Cózar

INK PUBLISHING SMART 13

即將失去的一切

作　　者　何曼莊
總 編 輯　初安民
責任編輯　陳思妤
美術編輯　黃昶憲
內頁圖片攝影　Sharon Lomanno
校　　對　陳思妤　何曼莊

發 行 人　張書銘
出　　版　INK 印刻文學生活雜誌出版有限公司
台北縣中和市中正路 800 號 13 樓之 3
電話：02-22281626
傳真：02-22281598
e-mail:ink.book@msa.hinet.net
網　　址　舒讀網 http://www.sudu.cc

法律顧問　漢廷法律事務所
劉大正律師
總 代 理　成陽出版股份有限公司
電話：03-2717085（代表號）
傳真：03-3556521
郵政劃撥　19000691 成陽出版股份有限公司
印　　刷　海王印刷事業股份有限公司

出版日期　2009 年 8 月　初版
ISBN　978-986-6377-10-5

定價　280 元

國家圖書館出版品預行編目資料

即將失去的一切／何曼莊著；
--初版，--臺北縣中和市：INK 印刻文學，
2009.08　面；　公分（Smart；13）
ISBN 978-986-6377-10-5（平裝）

857.7　　98013124